1. Auflage
© 2020 Schneiderbuch
Verlegt durch Egmont Verlagsgesellschaften mbH
Alte Jakobstraße 83, 10179 Berlin
Alle deutschsprachigen Rechte vorbehalten.

Die norwegische Originalausgabe erschien 2019
unter dem Titel „Rikka – På ordentlig og forever"
bei Cappelen Damm
Akersgata 47/49, 0055 Oslo
Aus dem Norwegischen von Maike Dörries
This translation has been published with the financial support of NORLA.
Umschlagadaption: Achim Münster, Overath
Satz: Datagrafix GSP GmbH, Berlin, www.datagrafix.com
Printed in the EU
ISBN 978-3-505-14339-7

www.schneiderbuch.de

Unsere Bücher finden Sie im
Buch- und Fachhandel sowie im

www.egmont-shop.de

Die Egmont Verlagsgesellschaften gehören als Teil der Egmont-Gruppe zur
Egmont Foundation – einer gemeinnützigen Stiftung, deren Ziel es ist, die sozialen,
kulturellen und gesundheitlichen Lebensumstände von Kindern und Jugendlichen zu
verbessern. Weitere ausführliche Informationen zur Egmont Foundation unter:
www.egmont.com

MAIKEN NYLUND

RIKKA
WIRKLICH FÜR
IMMER

Illustrationen von
Cathrine Sandmæl
Aus dem Norwegischen von
Maike Dörries

 Schneiderbuch

EGMONT

INHALT

Beste Freunde, oder ...?

„Ich liebe Sommer!", sagt Rikka und blickt verträumt in den blauen Himmel. Sie liegt rücklings im Gras, und die Grashalme kitzeln an ihren Handflächen, als sie darüberstreicht.

„Ich liebe Eis", sagt Lise, die neben ihr liegt, den Blick ebenfalls in den blauen Himmel gerichtet. Lise ist Rikkas beste Freundin.

„Ich liebe es, wenn es so heiß ist, dass das Eis fast schon geschmolzen die Speiseröhre runterrutscht", sagt Rikka.

7

Lise kichert.

„Und ich liebe es, den ganzen Tag bis spät abends draußen zu sein, ohne dass die Erwachsenen einen ins Bett schicken", ruft Lise so laut, dass ihre Mutter es gar nicht überhören kann.

Dann dreht sie sich auf die Seite und sieht Rikka an, ehe sie ganz leise sagt:

„Ich liebe Tom aus der B-Klasse."

Es wird mucksmäuschenstill. Lise wird rot. Rikka sieht in den wolkenlosen blauen Himmel.

„Ich bin in Tom aus der B-Klasse verliebt", wiederholt Lise.

Rikka hat sich bisher nie Gedanken darüber gemacht, dass Lise verliebt sein oder sich irgendwann verlieben könnte. Sie hat eigentlich noch nie viel übers Verliebtsein nachgedacht. Vielleicht hätte sie das besser tun sollen, weil Lise jetzt plötzlich verliebt ist und sie nicht.

„Du kennst Tom doch", sagt Lise. „Kannst du uns nicht verkuppeln?"

„Euch verkuppeln?", sagt Rikka, als wüsste sie nicht, was Lise meint.

„Du kennst Tom doch", wiederholt Lise.

„Schon", antwortet Rikka und versucht verzweifelt, sich zu erinnern, wann sie Tom das letzte Mal gesehen hat. Das kann sie nicht. „Aber inzwischen gar nicht mehr so wirklich", sagt sie.

„Einmal kennen ist immer kennen", sagt Lise. „Das wär ja wohl komisch, wenn man die, die man kennt, plötzlich nicht mehr kennt?"

„Tom ist mein Nachbar, mehr nicht. Er geht in die B-Klasse und ich in die A. Er spielt Fußball mit den B-Klässlern und ich bin mit DIR zusammen."

Sie spricht das DIR extra betont aus, damit Lise versteht, wie wenig sie Tom kennt. Tom könnte genauso gut auf einem ganz anderen Planeten leben als sie, so selten sieht sie ihn.

„Das passt doch perfekt", sagt Lise. „Du kennst Tom von früher, und darum kannst du zu ihm gehen und uns verkuppeln."

Sie lacht. Rikka nicht.

Danach redet Lise nur noch über Tom. Die ganze Zeit.

Und dann sagt sie: „Wir müssen dir auch jemanden suchen!"

Rikka geht die Jungs in ihrer Klasse durch. Da ist keiner dabei, in den sie sich verlieben könnte. In der B auch nicht.

Ein unangenehmer Gedanke schießt Rikka durch den Kopf. Was, wenn sie sich gar nicht verlieben kann?

„Kannst du dir vorstellen, dass manche Menschen sich nicht verlieben können?", fragt sie vorsichtig und wie beiläufig, damit Lise nicht mitbekommt, dass sie bei der Frage an sich selber denkt.

„Alle Menschen können sich verlieben", sagt Lise, als wäre sie plötzlich die Verliebtheits-Expertin.

Rikka starrt auf den Boden. Und wenn sie nun der einzige Mensch auf der ganzen Welt ist, der sich nicht verlieben kann? Was dann? Oder vielleicht weiß sie einfach nur nicht, wie sich das anfühlt? Was, wenn sie schon seit Ewigkeiten verliebt ist, ohne es zu ahnen?

„Und wie fühlt sich Verliebtsein so an?", fragt Rikka.

„Es prickelt im Bauch", sagt Lise zufrieden.

Rikka fühlt in sich rein, aber in ihrem Bauch prickelt nichts.

„Wollen wir baden gehen?", schlägt Rikka vor und richtet sich ganz auf. „Ich kann Mama fragen, ob sie mitkommt."

„Wie kann man bloß so blaue Augen haben wie Tom!", seufzt Lise.

Rikka ist noch gar nicht aufgefallen, dass Tom so blaue Augen hat.

„Fahren wir mit dem Rad zur Badestelle?", wiederholt Rikka noch einmal ihre Frage, aber Lise hört ihr immer noch nicht zu.

Da sagt Rikka, dass sie dann jetzt zum Essen nach Hause muss, obwohl sie heute schon gegessen haben.

Rikka geht langsam nach Hause. Dass Lise sich verliebt hat, liebt sie ganz und gar nicht. Sie bricht einen Zweig ab und zieht ihn an dem Bretterzaun entlang, an dem sie vorbeispaziert. Tacktacktacktacktack macht es, als der Zweig über die Bretter streift. Am nächsten Wochenende ist sie bei ihrem Vater, da kann sie nichts mit Lise unternehmen. Es ist sowieso schon blöd, jedes zweite Wochenende ohne Lise zu verbringen, aber jetzt noch mal doppelt blöd. Was, wenn Lise genau an diesem Wochenende mit Tom zusammenkommt? Rikka will sich gar nicht vorstellen, wie es ist, am Sonntag nach Hause zu kommen und keine beste Freundin mehr zu haben.

Sie lässt den Zweig fallen und überlegt, was sie den Rest des Tages noch machen soll. Als sie an dem Haus vorbeigeht, in dem Tom wohnt, kriegt sie eine Gänsehaut. Als ob seit Lises Geständnis ein Fluch über dem Wohnviertel liegt.

„Rikka ist da!", ruft Rikkas dreijährige Schwester Anna. Sie und ihr Zwillingsbruder Nils kommen angelaufen.

„Spielst du mit Anna und Nils?", fragt Mama.

Rikka seufzt.

Mama nutzt jede Gelegenheit, Rikka ihre beiden Geschwister aufzudrücken und auf sie aufpassen zu lassen. Darum treffen sie sich meistens bei Lise zu Hause, weil Lise ein Einzelkind ist.

Die Verkupplungskatastrophe

Am nächsten Tag steht Rikka in der Pause mit Lise zusammen und stirbt fast vor Langeweile.

„Hast du Tom im Flur gesehen?", fragt Lise sie neugierig.

„Ja." Rikka seufzt.

„Was ist sein Lieblingsessen?", fragt Lise.

„Keine Ahnung", sagt Rikka und stöhnt genervt.

„Hat er ein großes Zimmer?", fragt Lise weiter.

„Eher nicht", antwortet Rikka.

Bevor Lise gestern erzählt hat, dass sie verliebt ist, war alles noch ganz normal. Jetzt dringt Rikka kaum noch zu ihr durch.

„Und dann hat er auch noch einen Hund!", zwitschert Lise mit strahlenden Augen. „Ich hab mir immer schon einen Hund gewünscht!"

Rikka spürt einen leichten Stich im Magen. Toms Hund Pip ist ein ganz kleines bisschen auch ihr Hund. Sie kennt Pip, seit er als winziger Welpe auf ihr rumgeturnt ist. Manchmal kommt Pip einfach zu ihnen ins Haus gelaufen, obwohl er da gar nicht wohnt. Gehört Pip von nun an nur noch Tom und Lise?

Als es zum letzten Mal klingelt und der Schultag rum ist, schlägt Lise vor, Tom hinterherzuspionieren.

Er geht ein kleines Stück vor ihnen durch das Schultor.

„Och nö", sagt Rikka. „Muss das sein?"

„Vielleicht kannst du uns ja heute schon verkuppeln", sagt Lise und sieht sehnsüchtig hinter Tom her.

„Wollen wir nicht lieber baden gehen? Es ist sooo heiß!", stöhnt Rikka.

„Keine Lust", sagt Lise.

„Du hattest aber doch gestern schon keine Lust zu baden!"

„Ich will lieber Tom hinterherspionieren", sagt Lise und nimmt seine Verfolgung auf.

Okay, denkt Rikka, dann spionieren wir eben hinter Tom her. Und wenn er im Haus verschwunden ist, können wir baden gehen.

Sie folgen Tom. Er wohnt in dem Haus vor Rikkas Zuhause. Er schlüpft durch ein Loch in der Hecke in den Garten und ist weg.

„Das war's also!", sagt Rikka und atmet erleichtert aus.

„Du musst ihn anrufen und fragen, ob er mit mir gehen will", sagt Lise mit flehendem Blick und hält Rikka am T-Shirt fest.

„Jetzt gleich?", fragt Rikka.

Dazu hat sie jetzt überhaupt keine Lust, das ist doch oberpeinlich.

„Ja!", sagt Lise energisch.

„Kannst du ihn nicht selber fragen?", sagt Rikka und zieht den T-Shirt-Zipfel aus Lises Griff.

„Spinnst du? Das trau ich mich nicht!"

„Ich mich auch nicht!"

„Aber er ist dein Nachbar", quengelt Lise. „Das kann doch nicht so schwer sein."

Rikka stellt sich vor, wie sie an der Tür klingelt und Tom fragt, ob er mit Lise gehen will. Das geht nicht. Sie kann das nicht tun.

„Jetzt mach schon …", bettelt Lise. „Please!"

Rikka zögert. Wenn sie es nicht macht, wird Lise sauer. Wenn sie es macht, hat Lise ab dann wahrscheinlich einen Freund.

Rikka findet das eine wie das andere doof.

Lise schiebt sie vor sich durch das Loch in der Hecke in den Garten. Vor ihr ist Toms Haus, hinter ihr versperrt Lise den Weg. Sie hat keine andere Wahl.

Rikka geht auf das Haus zu und biegt um die Ecke. Hier kann Lise sie nicht sehen. Sie steigt langsam die Stufen hoch. Am liebsten würde sie einfach nach Hause gehen. Sich die Bettdecke über den Kopf ziehen, bis Lise nicht mehr verliebt ist.

Rikka stellt sich vor die Tür, die im gleichen Moment aufgeht, als sie den Klingelknopf drückt. Fast wäre sie vor Schreck die Treppe runtergefallen.

Tom und seine Mutter Mona stehen mit Rucksäcken auf der Schulter aufbruchsbereit im Flur. Mona hält Pip am Halsband fest, der vor lauter Begeisterung, Rikka zu sehen, mit dem Schwanz wedelt und aufgeregt auf der Stelle trippelt. Tom und Mona lachen über Pip, der Rikka so unmissverständlich um eine Streicheleinheit anbettelt.

„Hallo, Rikka", sagt Mona. „Schön, dich zu sehen! Wir wollen gerade zum Waldsee, baden. Magst du mitkommen?"

Ein paar Sekunden ist es ganz still. Das, was sie wegen Lise und Verkuppeln und so weiter fragen wollte, kann sie jetzt unmöglich sagen.

Tom sagt auch nichts. Es kommt Rikka schon ein bisschen komisch vor, mit Tom baden zu gehen, mit dem sie schon so lange nichts mehr zu tun hat. Andererseits hat Lise trotz der Hitze keine Lust, mit ihr baden zu gehen. Rikka stellt sich vor, wie es sein wird, wenn Lise und Tom zusammenkommen. Dann geht Lise mit Tom baden, und Pip wedelt mit dem Schwanz, wenn er Lise sieht, und will von ihr gestreichelt werden. Und Rikka hockt für den Rest ihres Lebens allein zu Hause und langweilt sich zu Tode.

„Und?", fragt Mona lächelnd. „Soll ich deine Mutter anrufen und fragen, ob das okay ist?"

„Ja", antwortet Rikka kurz.

Sie läuft nicht zurück zu Lise, sondern die Treppe hoch in ihren eigenen Garten. Sie rafft eilig ihr Badezeug zusammen und läuft zurück in Toms Garten. So schnell, dass sie gar keine Zeit hat, an Lise zu denken. Nein, sie will jetzt nicht an Lise denken.

Rikkas Magen krampft sich zusammen, als Mona rückwärts und viel zu langsam aus der Einfahrt auf die Straße fährt. Ob Lise sich wohl allmählich fragt, wieso das so lange dauert? Vielleicht wartet sie schon gar nicht mehr an der Hecke und ist auf der Straße zu Rikkas Einfahrt gegangen. Was, wenn Mona und Tom sie sehen und wissen wollen, was sie dort macht? Was soll sie darauf antworten?

Aber Lise steht nicht vor Rikkas Einfahrt. Und auch sonst nirgends. Und plötzlich geht es nicht mehr langsam, sondern sehr schnell, und Rikka hat keine Zeit mehr, irgendwas zu sagen. Gleich darauf haben sie den höchsten Punkt der Straße erreicht und sind auf dem Weg zum Waldsee.

Der Badeausflug

„Von hier ist es nicht mehr weit zum See, nur noch ein kleines Stück zu Fuß durch den Wald", sagt Mona.

Pip wedelt mit dem Schwanz und hüpft aufgeregt hin und her, abwechselnd neben Mona und dann neben Tom und Rikka, als könnte er sich nicht entscheiden, neben wem er laufen möchte.

Es fühlt sich gar nicht gut an, mit Mona und Tom hier durch den Wald zu spazieren, nachdem sie Lise einfach stehen gelassen hat. Rikka hat ein schrecklich schlechtes Gewissen. Am liebsten würde sie umkehren und so schnell wie möglich nach Hause laufen. Aber Mona, Tom und Pip laufen zielstrebig vor ihr zum See.

„Was geht dir durch den Kopf?", fragt Mona.

„Nichts", antwortet Rikka schnell und ist froh, dass man die Gedanken anderer Menschen nicht lesen kann.

Mona läuft vor ihnen einen Hang hinauf. Um sie herum schwirren Mücken und Fliegen und Schmetterlinge. Rikkas Rücken unter dem Rucksack ist schweißnass. Eigentlich, denkt sie, ist Lise ja selber schuld, dass sie sie stehen gelassen hat. Sie hätte sie eben nicht zwingen sollen, bei Tom zu klingeln. Wäre Lise mit Rikka schwimmen gegangen, müsste Rikka jetzt nicht mit fast fremden Leuten baden gehen.

„Ist Lise verreist?", fragt Mona plötzlich und sieht zu ihr herüber.

„Wieso?", fragt Rikka ertappt.

„Ihr seid doch sonst immer im Zweierpack unterwegs", sagt Mona und lächelt. „Da dachte ich, dass sie vielleicht verreist ist."

„Ja", lügt Rikka. „Ist sie."

Was soll sie anderes sagen? Sie kann ja wohl schlecht erzählen, dass Lise vor Monas Grundstückshecke steht und darauf wartet, dass sie verkuppelt wird.

Tom und Pip laufen vor ihnen. Er sieht nicht so aus, als ob er in Lise oder irgendwen sonst verliebt ist. Er sieht eigentlich aus wie immer.

Vom oberen Hangende führt eine sanft abfallende Grasfläche zum Badesee. Tom rennt los und Pip hüpft kläffend neben ihm her. Rikka und Mona fangen auch an zu laufen.

„Erste!", ruft Mona und taucht mit einem Kopfsprung ins Wasser.

Tom stürmt hinterher. Rikka geht langsam ins Wasser, das eiskalt an den Zehen und Oberschenkeln ist. Nie im Leben stürzt sie sich kopfüber da rein.

„Du musst ganz untertauchen!", ruft Tom. „Dann wird es gleich viel wärmer."

„Ich weiß", ruft Rikka zurück. „Aber es ist so kalt!"

Sie holt tief Luft. Tom und Mona schwimmen und plantschen weiter draußen. So, jetzt macht sie es auch! Rikka taucht unter, bis das Wasser ihren ganzen Körper einschließt. Und es ist wirklich schlagartig wärmer.

Mona steigt aus dem Wasser und trocknet sich ab.

„Wer hat Lust auf Pfannkuchen?", ruft sie.

„Ich!", rufen Rikka und Tom im Chor.

Tom taucht auf den Grund und kommt mit einem Stein in der Hand wieder an die Oberfläche.

„Tauch unter und hör dir an, wie laut es ist, wenn ich den Stein fallen lasse", sagt er und lächelt mit den Augen.

Rikka taucht und Tom lässt den Stein fallen. Er trifft mit einem lauten und scharfen Knall auf den Grund. Sie bleiben im Wasser, bis Mona mit den Pfannkuchen fertig ist. Als sie später in ihre Handtücher eingewickelt in der Sonne sitzen und Pfannkuchen mampfen, stößt Mona einen glücklichen Seufzer aus.

„Solche Tage machen das Leben so wunderbar lebenswert!", sagt sie.

Rikka versteht nur zu gut, was sie meint, Pip dicht an sie gekuschelt. Baden und Pfannkuchen sind das Beste, was es gibt. Jedenfalls, solange sie nicht an Lise denkt.

Als Rikka nach Hause kommt, steht Mama am Fenster und schaut rüber zum anderen Nachbarhaus.

„Da zieht jemand ein", sagt sie und streckt den Hals.

Rikka steigt auf die Küchenbank, um auch etwas zu sehen.

„Wurde ja auch langsam Zeit", sagt Mama. „Das Haus hat fast ein Jahr lang leer gestanden."

Auf der Einfahrt schleppt eine ganze Mannschaft Umzugskisten und Sachen hin und her. Ein Junge in Rikkas Alter ist auch dabei. Statt Kisten zu tragen, fährt er mit seinem Fahrrad in der Einfahrt hin und her. Manchmal nur auf dem Hinterrad, ehe er wieder nach vorne kippt und weiter seine Runden dreht.

„Unverantwortlich, ihn ohne Helm fahren zu lassen!", murmelt Mama.

Rikka verdreht die Augen, das ist mal wieder typisch Mama.

„Spielst du mit Anna und Nils, während ich Abendbrot mache?", fragt Mama.

„Okay", stöhnt Rikka.

„Gucken wir einen Zeichentrickfilm?", schlägt Rikka vor und geht vor ins Fernsehzimmer. Sie hat jetzt keine Lust, mit den Zwillingen zu spielen. Sie muss die ganze Zeit daran denken, dass sie Lise einfach hinter der Hecke stehen gelassen hat. Zum Glück sind die Zwillinge still.

Als Rikka abends schlafen geht, setzt sie sich direkt neben das kleine runde Fenster am Kopfende des Bettes und schaut rüber zum Nachbarhaus. Alle Fenster sind erleuchtet. Sie kann sehen, was die Leute da drüben machen, weil noch nirgends Gardinen hängen. Der Junge hat offenbar wie sie auch das Zimmer unterm Dach, zumindest sieht sie ihn dort Sachen aus Kartons auspacken. Plötzlich hebt er den Blick und sieht sie direkt an, von seinem Fenster zu ihrem Fenster. Rikka duckt sich und streckt sich flach auf dem Bett aus. Hoffentlich hat er nicht gemerkt, dass sie ihn beobachtet hat. Sie kriegt einen heißen Kopf und versteckt sich unter der Decke.

Feinde

Am nächsten Tag rollt Rikka den Hügel bis zu Lises Haus hinunter wie immer. Sie könnte sich für gestern bei ihr entschuldigen, denkt sie. Oder Lise fragen, ob sie einen schönen Tag hatte. Oder sie tut einfach, als wäre nichts gewesen. Irgendwie ist nichts davon wirklich überzeugend.

Die Tür geht auf, aber Lises Mutter kommt alleine nach draußen.

„Lise ist schon zur Schule gefahren", sagt sie.

„Ah, ja", antwortet Lise und steigt wieder auf ihr Rad, als wäre es das Normalste der Welt, dass Lise ohne sie losgefahren ist. Das ist noch nie passiert. Jetzt ist alles noch viel schwieriger und sie weiß gar nicht mehr, was sie zu Lise sagen soll. Ihr fällt nur ein Grund ein, warum Lise ohne sie zur Schule gefahren ist.

Es dauert eine gefühlte Ewigkeit, bis sie das Rad abgeschlossen hat und sich Richtung Haupteingang in Bewegung setzt. Und noch mal eine Ewigkeit, durch den Flur zu laufen. Wenn sie doch nur wüsste, wie sauer Lise tatsächlich ist.

„Hallo", sagt Rikka zu Lise und lässt ihren Rucksack neben den Stuhl fallen.

Lise antwortet nicht auf Rikkas Begrüßung. Sie starrt vor sich auf die Tischplatte. Rikka atmet tief ein und nimmt Anlauf.

„Wegen gestern?", sagt sie.

Da dreht Lise sich zur Seite und sieht Rikka aus zusammengekniffenen Augen an.

„Fiese Kuh!", zischt sie.

„Aber …", sagt Rikka.

Lise dreht sich zur anderen Seite und schaut aus dem Fenster. Der Spalt zwischen Rikkas und Lises Tisch ist viel breiter als sonst.

„Ich kann dir das erklären!", flüstert Rikka. „Das war keine Absicht! Ich konnte nicht fragen, weil …"

„Ich will nicht mit dir reden!", zischt Lise und sieht Rikka mit harten, zornigen Augen an. „Kapierst du das nicht?"

In dem Moment fordert die Mathelehrerin sie auf, die Bücher aufzuschlagen.

Rikka streckt Lise die Zungenspitze aus, die Lise gar nicht sieht, weil sie Rikka so viel Rücken zudreht wie eben möglich.

Aber die Lehrerin hat ihnen nicht den Rücken zugedreht.

„Rikka und Lise? Alles in Ordnung bei euch da drüben?"

Rikka sieht die Lehrerin an und zieht eine Fratze. Das passiert einfach so. Ohne Absicht.

„Rikka", sagt die Lehrerin überrascht. „Schneidest du mir etwa eine Grimasse?"

Rikka ist selber ganz perplex.

„Nein", sagt sie, weil das ja gar nicht ihre Absicht war.

Es ist ein Kichern zu hören. Ole lacht laut.

„Rikka?", fragt die Lehrerin noch einmal. „Was soll das? So was kannst du doch nicht machen."

Rikka schüttelt den Kopf und starrt auf die Tischplatte, würde am liebsten in der Erde versinken. Ole lacht immer noch. Sie nimmt sich vor, den Schulleiter zu fragen, ob sie in die B-Klasse wechseln kann. Hier will sie keinen Tag länger bleiben. Schon gar nicht, wenn Lise so sauer auf sie ist. In diesem Klassenraum ist kein Platz mehr für Rikka. Sie sieht die Lehrerin Aufgaben an der Tafel vorrechnen, ist aber nicht in der Lage, sich zu konzentrieren, bis es endlich zur Pause klingelt.

„Das war keine Absicht", sagt Rikka noch einmal und sieht Lise flehend an.

„Wo bist du eigentlich abgeblieben?", faucht Lise. „Ich habe gewartet und mir die Beine in den Bauch gestanden, und irgendwann bin ich zum Haus gegangen, aber da war niemand. Und als ich bei dir geklingelt habe, hast du nicht aufgemacht!"

„Weil ich nicht zu Hause war!", ruft Rikka.

„Und wo warst du dann?", fragt Lise ungläubig mit zusammengekniffenen Augen und in die Seiten gestemmten Händen.

„Toms Mutter war da, da konnte ich nicht fragen."

Lise funkelt sie wütend an, wartet auf eine Fortsetzung.

„Ich bin mit ihnen zum Waldsee gefahren", flüstert Rikka und ahnt im gleichen Moment, dass es ihr nicht gelingen wird, Lise das Ganze zu erklären. Weil Lise gar nicht wissen will, wie alles zusammenhängt. Nichts von dem, was Rikka sagt, scheint in Lises Ohren anzukommen. Zumindest nicht auf die richtige Weise.

„Du bist dahin gegangen, um für mich zu fragen, nicht, um ihn dir selber unter den Nagel zu reißen!", ruft Lise, die jetzt richtig sauer ist.

„Ich habe ihn mir ja nicht unter den Nagel gerissen!", schreit Rikka zurück. „Das ist einfach passiert und war keine Absicht."

„Fiese Kuh", faucht Lise. „Ich hasse dich!"

Rikka weiß nicht, wohin mit sich. Sie kann an nichts anderes denken, als jetzt bloß nicht anzufangen zu heulen, aber alle Flüssigkeit im Hals, in den Augen und in der Nase drängt nach draußen. Sie schnappt sich ihren Ranzen und läuft los. Aus der Klasse, aus der Schule, auf ihr Fahrrad, den Hügel hoch und nach Hause. Sie läuft die Treppe hinauf in ihr Zimmer und schmeißt sich aufs Bett. Das wird sie niemals entknoten können, bevor sie am Freitag zu Papa muss!

Sie hört das Telefon in der unteren Etage. Das ist bestimmt die Lehrerin oder Mama. Sie geht nicht ran. Keine zehn Pferde kriegen sie je wieder in die Schule. Niemals. Sie setzt sich an das Fenster und schaut rüber zum Nachbarhaus. Dort ist alles still und niemand zu sehen. Nur an den Umzugskartons, die durcheinander auf der Terrasse liegen, kann man sehen, dass dort gerade jemand eingezogen ist. Um zwei Uhr, als die Schule zu Ende ist, setzt Rikka sich wieder ans Fenster. Sie sieht ihn angeradelt kommen und streckt den Hals, um besser sehen zu können. Da dreht er sich plötzlich um und sieht zu ihrem Fenster hoch. Sie streckt sich eilig und mit hämmerndem Herzen auf dem Bett aus. Was, wenn er mitgekriegt hat, dass sie ihn schon wieder beobachtet? Warum macht sie das?

„Rikka", sagt Mama, die plötzlich in der Tür steht, ohne dass Rikka sie gehört hat. „Wir beide müssen ein ernstes Wörtchen miteinander reden."

Ernste Wörtchen sind das Schrecklichste und Ödeste, was Rikka sich vorstellen kann.

Für immer krank

„Rikka, Schatz", sagt Mama und streichelt ihr übers Haar. „Du musst in die Schule gehen."

Rikka schüttelt den Kopf. Sie will nicht. Es ist Mittwochmorgen, und sie weigert sich aufzustehen.

Alle verstehen sie falsch. Die ganze Zeit. Lise und die Lehrer und Mama und alle anderen. Mit Absicht, scheint es. Und Freitag soll sie zu Papa, das geht nicht.

„Ich will Freitag nicht zu Papa", sagt sie und blinzelt kräftig, damit die Tränen sich hinter den Augenlidern halten.

„Aber Rikka? Ist es das, was dich drückt? Warum willst du denn nicht zu Papa?"

„Ich will einfach nicht!"

„Ist irgendwas passiert, als du das letzte Mal dort warst?", hakt Mama weiter nach.

Rikka schüttelt den Kopf. Das alles hat doch nichts mit Papa zu tun.

„Nein, das ist es nicht. Ich will nur hier bei Lise bleiben."

Sie schafft es nicht zu sagen, dass sie versuchen muss, sich wieder mit Lise zu vertragen. Weil sie nicht erzählen will, was passiert ist.

„Das haben wir doch schon so oft besprochen", sagt Mama. „Natürlich musst du Papa und Gunn und deine kleine Schwester besuchen. Es ist doch nur fürs Wochenende. Und hier verändert sich nichts, bis du wiederkommst."

Mama versteht nichts. Sie legt eine Hand auf Rikkas Stirn.

„Vielleicht brütest du ja was aus", murmelt sie. „Hast du Fieber?"

Rikka atmet ein.

„Mir ist ein bisschen schlecht", sagt sie.

Mama schaut besorgt von der Uhr zu Rikka und wieder zurück auf die Uhr.

„Peter ist schon weg und ich muss jetzt auch zur Arbeit. Kannst du alleine zu Hause bleiben und mich anrufen, falls es dir schlechter gehen sollte?"

Rikka atmet erleichtert aus. Das war leichter, als sie dachte.

„Dann wollen wir mal hoffen, dass wir nicht der Reihe nach die Grippe kriegen!", sagt Mama, als sie die Treppe runterläuft.

Rikka liegt alleine in ihrem Bett. So einfach ist das also. Es reicht zu sagen, dass einem schlecht ist, und schon darf man zu Hause bleiben.

Zum Frühstück schmiert sie sich ein paar Scheiben Brot mit Sonntags-Nugatti, wo sie schon mal allein und sozusagen krank ist. Sie nimmt die Brote mit nach oben und macht es sich im Bett neben dem kleinen Fenster gemütlich. Drüben vor dem Haus stehen ein paar Männer und lachen. Sie tragen Gitarrenkoffer und andere Kisten aus einem Lieferwagen in den Keller. Später treffen sie sich auf der Terrasse und werfen den Grill an. Wollen die jetzt etwa grillen? Mitten am Vormittag? Rikka rutscht näher ans Fenster, um besser zu sehen. Es sind fünf Männer auf der Terrasse. Einer hat etwas auf den Grill gelegt.

Rikka geht ran, als das Telefon klingelt. Es ist Mama.

„Wie geht es dir?", will sie wissen.

„Gut", sagt Rikka, als ihr einfällt, dass sie ja eigentlich krank ist.

„Dann fühlst du dich wieder besser?", fragt Mama.

„Ein kleines bisschen", antwortet Rikka.

„Das ist gut", sagt Mama.

Um viertel vor zwei geht Rikka nach draußen und setzt sich auf den Zaunpfeiler an der Straße. Sie weiß nicht, warum sie das tut, tut es einfach. Der Lieferwagen steht noch immer in der Einfahrt der neuen Nachbarn, aber die Männer sind nicht mehr auf der Terrasse. Aus dem Keller ist Musik zu hören. Ist eine Band im Nachbarhaus eingezogen? Da kommt er. Der neue Junge. Was, wenn er denkt, dass sie schon wieder hinter ihm herspioniert? Rikkas Herz schlägt so heftig, dass sie sich fragt, ob er es auch hört.

„Hallo", sagt er und bremst vor ihr ab.

„Hallo, ich sitze immer hier", sagt Rikka und könnte sich in den Hintern beißen. Wie blöd klingt das denn?

„Ich habe dich schon öfter gesehen", sagt er und zeigt zu dem Fenster von ihrem Zimmer hoch. „Wohnst du da?"

Rikka schluckt mit so viel Geräusch, dass er es garantiert hört, und nickt. Sie merkt, wie ihr das Blut in die Wangen schießt.

„Dann sind wir Nachbarn", sagt er grinsend.

Sie nickt wieder. Weiß nicht, was sie sagen soll, sitzt einfach nur da auf ihrem Zaunpfeiler.

„Wie heißt du?", fragt er.

„Rikka", sagt Rikka.

Warum hat sie ihn nicht nach seinem Namen gefragt?, denkt Rikka. Das hätte sie ja nun wirklich tun können.

„Ich heiße Jimmy", sagt der Junge. „Nach einem toten Gitarristen."

Er grinst wieder.

„Oh", sagt Rikka. Das hört sich ziemlich cool an. Sie ist nach niemandem benannt. Und dann sagt sie, ohne vorher den Kopf einzuschalten: „Ich kann meine ganze Hand in den Mund stecken."

Jimmy starrt sie ein oder zwei Sekunden stumm an. Rikka würde am liebsten die Zeit zurückspulen und sich stattdessen den Mund zuhalten. Warum hat sie das gesagt?

„Das will ich sehen", sagt Jimmy.

„Nein", sagt sie. „Jetzt muss ich rein und Hausaufgaben machen."

Sie hüpft von dem Zaunpfeiler und läuft ins Haus.

Rikka legt sich im Flur auf den Boden, starrt an die Decke und hört ihr Herz in der Brust hämmern. Wie konnte sie nur so etwas Dämliches sagen, dass sie die ganze Hand in den Mund stopfen kann? Sie klatscht mit den Handflächen auf den Boden.

„Aaaahhhh!", ruft sie laut. „Warum bin ich so bescheuert?"

„Um Himmels willen!", sagt Mama, als sie kurz darauf von der Arbeit nach Hause kommt. „Warum liegst du hier?"

„Ich konnte nicht anders", antwortet Rikka, was ja die Wahrheit ist.

Zwischen allen Stühlen

„Das freut mich ja, dass du so schnell wieder gesund geworden bist!", sagt Mama mit leicht skeptischem Blick. Rikka isst Cornflakes zum Frühstück. Sie hat den Verdacht, dass Mama ihr das mit der Krankheit nicht ganz abnimmt. Aber solange Mama nichts dazu sagt, sagt Rikka auch nichts.

Lise sitzt schon auf ihrem Platz, als Rikka in die Klasse kommt, und dreht sich weg, sobald sie Rikka entdeckt. Sie hat ihren Tisch ein Stück weiter abgerückt, der Spalt von vorgestern ist ein bisschen breiter geworden.

„Warst du krank?", fragt Gitte, die aus dem Nichts vor Rikkas Tisch auftaucht, und starrt sie an. Gitte glaubt, sie hätte das Sagen in der Klasse, und oft ist das auch so. Sie kann eine ziemliche Zicke sein. „Jedenfalls hast du den Neuen in der B verpasst!"

„Hab ich nicht", sagt Rikka, obwohl sie gar nicht weiß, dass er in der B-Klasse angefangen hat.

„Aha?", fragt Gitte.

„Er ist mein Nachbar", antwortet Rikka.

Lise dreht sich um und sieht sie an.

„Der ist auf alle Fälle supercool", erzählt Gitte weiter.

Rikka verdreht die Augen in Lises Richtung, wie immer, wenn sie sich über Gitte lustig macht, aber Lise sieht es nicht, weil sie gerade einen zusammengefalteten Zettel auf Arianes Tisch wirft. Ariane liest die Nachricht und kichert. Rikka spürt einen Eisklumpen im Bauch. Eigentlich schickt Lise ihr sonst immer Zettel.

In der Pause geht Lise mit Ariane und Marte auf den Schulhof. Sie würdigt Rikka keines Blickes. Die anderen Mädchen aus der Klasse tun auch so, als wäre sie Luft, und laufen hinter Gitte her. Rikka hört sie über die B-Klasse reden und lachen.

Rikka steht auf dem Pausenhof und vermisst Lise. Aber Lise geht einfach an ihr vorbei und sieht sie nicht einmal an. Und sie unterhält sich die ganze Zeit mit Ariane und Marte. Die drei lachen übertrieben laut. Sonderlich traurig wirkt Lise nicht. Zweimal flüstert sie mit Ariane und Marte, dann schauen alle drei zu Rikka rüber und flüstern noch mehr. Es ist unmöglich, das nicht zu merken. Rikka weiß nicht, worum es geht, aber vermutlich ist es nichts Nettes.

Als sie zu Hause die Schuhe von den Füßen schüttelt, kommt Mama mit den Händen voller Tragetaschen zur Tür herein.

„Ich konnte heute früher gehen", sagt sie und lächelt. „Holst du Anna und Nils aus dem Kindergarten ab? Dann koche ich uns in der Zwischenzeit was Leckeres."

„Okay", sagt Rikka, obwohl sie überhaupt keine Lust hat.

„Sie freuen sich immer so, wenn du sie abholst!"

So ist Mama immer vor den Wochenenden, wenn Rikka zu Papa fährt. Sie kommt früher nach Hause, kocht an einem Donnerstag was Besonderes und sorgt dafür, dass Rikka so viel Zeit wie möglich mit Anna und Nils verbringt. Als ob das irgendwas daran ändert, dass sie weg von zu Hause muss, um Papa zu sehen, weil sie in unterschiedlichen Orten wohnen. Das ist echt ungerecht. Und Gunn, Papas neue Frau, nennt sie immer irgendwas mit Bonus. Bonus-Tochter und Bonus-Rikka und andere Bonus-Dinge. Und ihre Halbschwester Sina ist noch total klein, hat gerade Laufen gelernt und ist todlangweilig. Sie denkt an alle Wochenenden, die sie bei Papa verbracht hat. An wie vielen davon war Lise mit Ariane und Marte zusammen? Rikka selbst kennt niemanden, wo Papa wohnt, und wartet nur darauf, endlich wieder bei Lise zu sein.

„Ich wünsche, wünsche, wünsche mir von ganzem Herzen, dass Mama und Papa wieder zusammenziehen", flüstert sie auf dem Weg zum Kindergarten leise vor sich hin. Sollen Peter und Gunn sich doch zusammentun.

„Guck mal!", sagt Anna, als Rikka im Kindergarten ankommt. „Ich hab dir ein Bild gemalt, weil du zu deinem Papa fahren musst!"

Anna strahlt Rikka an und hält ihr ein Blatt Papier hin, auf dem mehrere Personen zu sehen sind.

„Danke", sagt Rikka, die gerne sagen würde, dass sie kein Bild braucht, weil sie nirgendwohin fährt.

„Guck mal", sagt Anna und zeigt mit ihrem kleinen Zeigefinger auf das Blatt. „Das bist du und ich und Nils und Mama und Papa und dein Papa."

Sie hat Rikkas Vater mit einem viel zu großen Kopf gemalt, er steht ganz allein abseits in der unteren Ecke. Anna, Nils, Mama und Peter stehen dicht zusammen, und Rikka irgendwo mittendrin, einsam auf dem großen Blatt Papier. Anna hat sie genauso gemalt, wie sie im wirklichen Leben zueinander stehen. Rikka zwischen allen Stühlen. Sie gehört nicht richtig zu Mama, Peter,

Anna und Nils. Und nicht richtig zu Papa, Gunn und Sina. Das ist ein doofes Bild.

Sie zieht Anna hinter sich her und findet Nils draußen bei den Schaukeln.

„Rikka!", ruft er aus voller Kehle, läuft ihnen entgegen und schlingt seine Arme um ihre Beine. So fest, dass er sie fast umreißt.

Aber sie kann nur daran denken, dass sie zwischen allen Stühlen sitzt und nirgendwo richtig dazugehört.

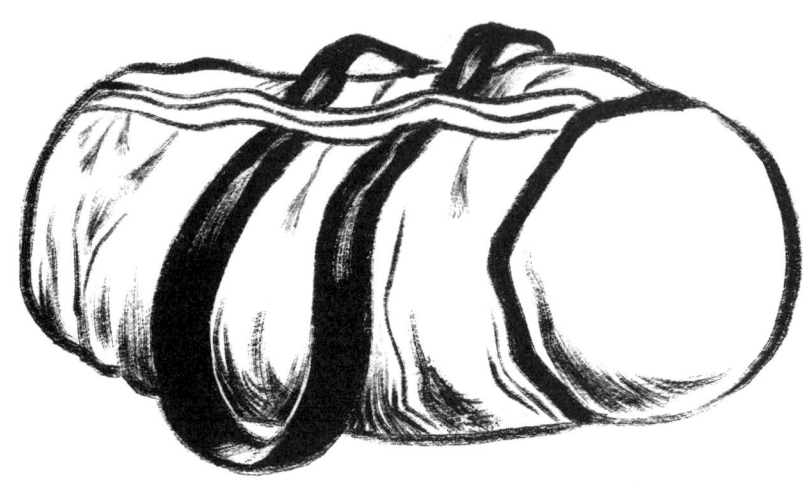

Besuch bei Papa

„Packst du deine Tasche?", ist Mamas erste Frage, als Rikka am Freitag aus der Schule kommt. Kein Hallo. Als könnte sie Rikka gar nicht schnell genug loswerden.

„Ist ja gut", faucht Rikka sie an.

„Nicht in dem Ton, junge Dame", sagt Mama.

„Blöde Kuh", flüstert Rikka Mama hinterher, als die ihr den Rücken zudreht. „Wenn du wüsstest, wie beschissen mein Leben gerade ist!"

Rikka geht hoch in ihr Zimmer, nimmt die Tasche aus dem Schrank und packt eine Hose und einen Pullover, Unterhosen und Socken ein. Ihre Zahnspange. Das Nachthemd. Peter und Nils laufen hintereinander die

Treppe hoch. Peter fängt Nils ein, der begeistert kreischt. Rikka hört ihnen zu und denkt, dass ihr Papa ganz woanders ist und mit einem ganz anderen Kind Fangen spielt. Papa sollte jetzt hier sein und nicht Peter.

„Anna hat dir aber ein schönes Bild gemalt!", sagt Peter.

Er steht auf der Türschwelle mit dem Blick auf das Bild, das auf ihrem Schreibtisch liegt.

„Sie hat vorgestern die ganze Strecke bis in den Kindergarten davon geredet, dass sie dir was malen will, weil du heute wegfährst."

„Das ist lieb", sagt Rikka, ohne es zu meinen.

„Stimmt was nicht?", fragt Peter.

Rikka unterbricht ihr Packen und sieht Peter an. Er sieht aus wie immer, aber Rikka ist sicher, dass er sich freut, wenn sie bald weg ist. Dann können sie endlich eine Familie sein, sie vier. Sie schluckt den Kloß herunter, der plötzlich in ihrem Hals feststeckt.

„Alles gut!", sagt sie lächelnd, obwohl ihr nicht nach Lächeln ist. Sie sollen sie einfach in Ruhe lassen.

„Freut mich zu hören!", sagt Peter und verschwindet mit hochgestrecktem Daumen nach unten.

Mama fährt sie zum Bus. Rikka kann inzwischen alleine fahren. Am Anfang fand sie es noch spannend, hat sich fast erwachsen gefühlt. Inzwischen ist es nur noch langweilig. Eine volle Stunde im Bus, in der sie über ihr ödes Leben nachdenken kann.

„Ich glaube, im Haus nebenan ist eine Band eingezogen", sagt Mama, als sie den Hügel hinunterfahren. „Sie spielen von morgens bis abends im Keller."

„Ich weiß", sagt Rikka. „Da wohnt auch ein Junge. Jimmy."

„Der ohne Helm, ja. In welche Klasse geht er?", will Mama wissen.

„In die B", antwortet Rikka. Es fühlt sich merkwürdig an, mit Mama über Jimmy zu reden.

Mama nimmt sie in den Arm, als der Bus kommt.

„Hast du ein Buch dabei?", fragt sie.

„Ja, klar", sagt Rikka, obwohl sie kein Buch eingesteckt hat.

Sie sieht Papas Kopf, ehe der Bus hält. Rikka schnappt sich ihre Tasche und steigt aus dem Bus.

„Meine Rikka!", ruft Papa, und sie wirft sich in seine Arme. „Mein Knuddelmädchen!", sagt er und wuschelt ihr durchs Haar.

„Du bist seit dem letzten Besuch schon wieder gewachsen!", ruft er.

„Wenn du mich öfter sehen würdest, käme dir das nicht so vor", antwortet Rikka.

Papa stößt einen tiefen Seufzer aus.

„Da hast du recht, Rikka-Schatz."

„Ich hab immer recht", sagt Rikka und muss kichern, weil sie das immer von sich behaupten, dass sie beide recht haben.

„Na klar!", sagt Papa und lacht ebenfalls. „Du bist ja auch meine Tochter!"

„Café?", fragt Rikka, weil sie immer als Erstes ins Café gehen, wenn Rikka ihn jeden zweiten Freitag besuchen kommt.

„Na klar geht's ins Café!", sagt Papa und zwinkert ihr zu.

„Warum zwinkert ihr eigentlich immer?", fragt Rikka, als Papa ihr die Tasche abnimmt.

„Was meinst du?", fragt Papa.

Rikka denkt nach, ehe sie weiterredet.

„Peter macht das auch. Und unser Lehrer, wenn er glaubt, dass er etwas Komisches gesagt hat."

„Du wirst bestimmt später mal Kanzlerin, Rikka", sagt Papa nur.

„Nein", sagt Rikka und denkt an Jimmy. „Keine Lust. Ich werde vielleicht Popstar."

„Jesses", sagt Papa.

„Im Nachbarhaus ist eine Band eingezogen", sagt sie. „Mit einem Jungen, der nach einem toten Gitarristen benannt wurde."

„Jesses", sagt Papa noch einmal.

Und dann sagt er nichts mehr, bis sie im Café sind und er wissen will, was sie möchte.

„Schulbrötchen", sagt Rikka, das Leckerste, was Lise und sie kennen. Hefekringel mit Kokosraspeln. Lise! Rikka schiebt den Gedanken an sie so weit weg, wie es nur geht.

„Und, was hast du seit deinem letzten Besuch alles gemacht?", will Papa wissen.

„Viel", antwortet Rikka knapp. Sie hat keine Lust aufzuzählen, was sie seit dem letzten Mal gemacht hat. Jedenfalls nicht die unangenehmen Dinge, die in der letzten Woche passiert sind. Es ist besser, wenn er nichts davon weiß.

„Können Mama und du nicht wieder zusammen-ziehen?", fragt Rikka unvermittelt. Sie hatte nicht vor, das zu fragen, es rutscht ihr einfach so aus dem Mund.

Papa, der gerade einen Schluck Kaffee trinkt, fängt an zu husten.

„Was hast du gesagt?", fragt er in die Serviette und sieht sie traurig an.

„Ich will, dass ihr wieder zusammenkommt", sagt Rikka und starrt auf das Puddingbrötchen.

„Das wird wohl nichts, Rikka-Schatz", sagt Papa und streichelt ihren Arm. „Es ist schon so viele Jahre her, dass wir uns getrennt haben, und wir haben beide neue Menschen kennengelernt, mit denen wir Kinder haben. Und es gab schließlich einen Grund für unsere Trennung." Er holt tief Luft. „Es wäre nicht gut, wenn deine Mama und ich noch zusammenleben würden. Auf alle Fälle nicht gut für dich."

Rikka versteht nicht genau, was er damit meint. Als sie das erste Mal zusammengezogen sind und Rikka bekommen haben, ging es ihnen doch gut? Sonst wären sie doch kein Paar geworden und hätten sie bekommen? Das muss doch heißen, dass sie sich irgendwann mal geliebt haben? Kann man einfach aufhören, sich zu lieben? Lieben sie sie dann irgendwann auch plötzlich nicht mehr?

Als sie nach Hause kommen, steht Gunn in der Küche und bereitet Tacos vor.

„Taco-Freitag!", trällert sie und drückt Rikka fest an sich.

„Schön", sagt Rikka.

„Sag Hallo zu deiner Bonus-Schwester", sagt Gunn mit Babystimme zu Sina.

„Hallo", sagt Sina und klatscht in die Hände.

„Hallo", sagt Rikka.

Sina hat seit dem letzten Besuch die Haare geschnitten bekommen. Und Rikka hat noch nie die gleichen Kleider an ihr gesehen. Es ist schon seltsam, dass dieses fremde Kind vor ihr ihre kleine Schwester ist. Sie weiß kaum etwas über Sina. Ganz anders als bei Anna und Nils. Sie weiß, was Anna und Nils am liebsten spielen, welche Kleider sie tragen und welche Kindersendungen sie mögen. Über Sina weiß sie so gut wie nichts. Obwohl sie genauso ihre Schwester ist wie Anna.

Gunn isst die Gurkenscheiben direkt aus der Schüssel. Sina krabbelt auf dem Boden herum und spielt. Da hat Rikka eine Idee. Sie hat sie noch nicht ganz zu Ende gedacht, als sie schon aus ihrem Mund fällt.

„Wollt ihr nicht nach Furutoppen ziehen?"

Es wird ganz still. Rikka und Gunn sehen Papa an.

Er sieht sie wieder mit den traurigen Augen an, ehe er Rikka ansieht und lächelt.

„Mal schauen."

Rikka lacht laut. Wenn Papa und Gunn nach Furutoppen ziehen, wird alles gut!

Gunn steht auf und fängt an zu spülen. Papa bringt Sina ins Bett. Rikka geht mit ihrer Tasche ins Büro. Bei Papa gibt es drei Schlafzimmer. Eins haben Gunn und Papa, Sina hat eins, und das, in dem Rikka schläft, ist Papas Arbeitszimmer. Wenn sie nach Furutoppen ziehen, kriegt sie vielleicht ein eigenes Zimmer.

Als sie sich schlafen legt, wird ihr klar, dass Gunn nicht umziehen will. Rikka hört Papa und sie im Wohnzimmer reden. Gunn ist wütend.

„Wie kannst du ihr erzählen, dass wir vielleicht umziehen?", faucht sie.

„Aber Gunn …", sagt Papa.

„Hast du nicht gesehen, wie sie sich gefreut hat?"

„Ja, genau deshalb …"

„Seine eigene Tochter anzulügen, mitten ins Gesicht! Und was ist mit mir? Ich wohne auch hier! Es kommt überhaupt nicht infrage, dass wir nach Furutoppen ziehen!"

„Aber …" sagt Papa.

„Wir haben entschieden, hier zu wohnen! Wir haben dieses Haus gekauft, weil wir finden, dass es ein guter Ort für Sina ist, um aufzuwachsen! Und endlich ist das Haus fertig renoviert! Außerdem ist es von hier viel näher zu unserer Arbeit!"

„Ja …", sagt Papa erschöpft.

„Das sagst du ihr jedenfalls selbst, dass du gelogen hast!", schimpft Gunn.

„Ja …", hört sie Papa leise antworten.

Eine Tür knallt, dann ist es still.

Für immer und ewig

Als Rikka am nächsten Morgen wach wird, ist Papa nicht zu Hause. Gunn macht gerade Frühstück. Sie pfeift gut gelaunt und singt.

„Magst du dein Ei lieber weich oder hart?", fragt sie.

„Weich", sagt Rikka und setzt sich an den Tisch. „Wo ist Papa?", fragt sie mit einem Blick auf seinen leeren Platz.

„Er muss noch mal kurz zur Arbeit", antwortet Gunn. „Und da dachte ich mir, dass wir nach dem Frühstück doch einen Ausflug ins Einkaufszentrum machen und ein bisschen shoppen könnten. Hättest du Lust?"

Rikka nickt stumm.

„Du, Sina und ich, nur wir drei Mädels!", redet Gunn weiter.

Rikka nickt noch einmal. Lächeln fällt ihr schwer. Immerhin ist sie schuld, dass Gunn sauer auf Papa ist. Es war doof zu fragen, ob sie nach Furutoppen ziehen wollen. Das ist ja schließlich nicht so einfach, spontan umzuziehen. Sie selbst lebt schon immer in Furutoppen, mit Mama, Peter und den Zwillingen, im selben Haus, in dem sie vorher mit Mama und Papa zusammengewohnt hat. Die Vorstellung, dass Papa ihr später sagt, dass sie leider doch nicht umziehen können, ist schrecklich. Sie will doch einfach nur gleich viel Zeit mit Mama und Papa verbringen. Da, wo ihr Zuhause ist. Wo sie ihre Freunde hat. Und die meisten Freundinnen feiern ihre Geburtstage am Wochenende, weshalb Rikka schon so viele Feste verpasst hat. Das ist blöd.

„Du siehst so nachdenklich aus", sagt Gunn und sieht sie an.

Rikka lächelt. Sie hat jetzt keine Lust auf ein ernstes Gespräch mit Gunn, nicht nach der Sache gestern Abend.

„Du scheinst ohnehin viel nachzudenken!", sagt Gunn.

Auch darauf antwortet Rikka nichts. Sie denkt ja wohl nicht mehr nach als andere.

Im Einkaufszentrum findet Rikka nichts, was ihr gefällt. Gunn zeigt ihr ständig neue Sachen, ein Teil hässlicher als das andere. Sie kann an nichts anderes denken als Furutoppen und Lise, die bestimmt gerade mit Ariane und Marte zusammen ist.

„Wie findest du diesen Pullover?", fragt Gunn. „Die Farbe steht dir bestimmt gut."

Rikka starrt den gelben Pullover an. Gunn nervt.

„Hallo", begrüßt Gunn die Kassiererin. „Das ist die Mutter von Endre aus Sinas Kindergarten", sagt sie zu Rikka.

„Rikka ist meine wunderbare Bonus-Tochter", erzählt sie aufgedreht der Mutter von Endre aus Sinas Kindergarten.

Da passiert etwas mit Rikka. Es geht ein Ruck durch ihren ganzen Körper. Eine Riesenwut steigt in ihr hoch. Sie will keine Bonus-Tochter von irgendwem sein. Sie will überhaupt nicht hier sein! Es brodelt und bebt in ihr. Von den Füßen in den Bauch hoch, durch den Brustkasten und raus aus dem Mund.

„ICH HEISSE RIKKA!", ruft Rikka, so laut sie kann. „FÜR IMMER UND EWIG!"

Gunn und Endres Mutter und Sina und alle anderen Besucher in dem Laden sehen Rikka mit großen Augen und offenen Mündern an.

„SUCH DIR DOCH IRGENDWELCHE ANDEREN IDIOTEN FÜR DEINEN BONUS! ICH BIN JEDEN-FALLS KEIN BONUS!"

Rikka läuft los. Raus aus dem Laden, die Rolltreppe runter und auf den Parkplatz. Sie sieht sich nicht um, läuft schnurstracks auf die Wohnblocks am anderen Ende des Einkaufszentrums zu, immer weiter, bis sie völlig außer Atem ist.

„Scheiß-Gunn", schreit sie und tritt gegen die Bord-steinkante. „Scheiß-Sina, Scheiß-Papa, Scheiß-alles!"

Sie setzt sich auf die Bordsteinkante, bleibt dort sit-zen, so lange sie es aushält. Es fühlt sich an, als wäre sie unendlich weit gelaufen. Irgendwann steht sie auf und geht langsam in die Richtung, wo Papas Haus ist. Be-stimmt ist Gunn schon da und stinkwütend. Wütend, weil Rikka sie in dem Laden angebrüllt hat und dann einfach weggelaufen ist. Aber sie hat keine andere Wahl, als dorthin zurückzugehen, weil sie hier sonst nieman-den kennt. Und Geld für den Bus nach Hause hat sie auch nicht.

Es ist niemand zu Hause, als Rikka dort ankommt. Die Tür ist abgeschlossen, und sie hat keinen Schlüssel.

Sie setzt sich auf die Treppe.

„Rikka!", ruft eine Stimme hinter ihr.

Es ist Papa. Er sieht erleichtert und verzweifelt zugleich aus. Er setzt sich neben sie auf die Stufe und legt einen Arm um ihre Schulter.

„Ich muss nur kurz Gunn anrufen und ihr sagen, dass du hier bist", sagt er und nimmt sein Handy heraus. „Sie sucht im Einkaufszentrum nach dir."

„Wir haben uns solche Sorgen um dich gemacht", sagt er, nachdem er leise mit Gunn telefoniert hat. „Du darfst nicht einfach so weglaufen."

„Nein", sagt Rikka knapp, weil es dazu nicht viel mehr zu sagen gibt.

„Es tut mir so leid, dass du zwischen uns hin und her fahren musst", sagt Papa.

„Ich vermisse dich schrecklich, wenn ich zu Hause bin", flüstert sie in Papas Armbeuge. „Und wenn ich hier bin, vermisse ich Furutoppen. Da sind alle meine Freunde, und ich verpasse einen Haufen Geburtstagspartys, weil ich hier bin!"

Sie denkt an Lise, die mit Ariane und Marte zusammen ist.

„Ich verstehe dich ja, Rikka. Und es tut mir so leid."

„Anna und Nils haben ihren Vater die ganze Zeit bei sich. Das will ich auch!"

„Aber Peter ist doch nett zu dir, oder?", fragt Papa und streichelt ihr übers Haar.

„Ja, aber er ist nicht mein Vater!", sagt Rikka.

Sie stampft mit dem Fuß, als sie daran denkt, wie Peter hinter Anna und Nils herrennt und sie in die Luft wirft. Und sie sieht Papa hinter Sina herlaufen und sie in die Luft werfen. Und sie selbst steht die ganze Zeit immer irgendwo dazwischen.

„Hör mal zu, Rikka", sagt Papa und schiebt sie so weit von sich weg, dass er ihr in die Augen sehen kann. „Jetzt fahren du und ich zu Oma. Wollen wir das machen? Nur wir zwei, zu Oma?"

Rikka nickt. Und ob sie das will. Sie will nur mit ihrem Papa im Auto sitzen, die ganze Strecke bis zu Oma. Und Omas Frikadellen essen wie in den Sommerferien. Und auf der Rückfahrt von Oma zurück nach Furutoppen will sie auch wieder die ganze Strecke neben Papa sitzen.

„Gut", sagt Papa. „Dann hole ich mal meine Zahnbürste."

Oma

Oma erwartet sie schon an der Tür, als sie ankommen. Es ist dunkel, sie sind mehrere Stunden gefahren.

„Ich dachte mir, dass ihr bestimmt Frikadellen mögt", sagt sie lächelnd und drückt Rikka und Papa an sich. „Das ist dann schon fast ein Nachtessen!"

Sie lacht. Rikka lacht ebenfalls. Und Papa auch. Es tut gut, mit Oma zusammen zu lachen.

In der Küche riecht es nach Frikadellen und Oma. Im ganzen Haus riecht es nach Oma. Rikka und Papa futtern, als hätten sie seit einer Woche nichts zu essen bekommen.

„Aah, wie ich deine Frikadellen vermisst habe!", sagt Papa.

„Ach was", sagt Oma und lacht herzlich. „Dann hast du nur wegen der Frikadellen den weiten Weg auf dich genommen?"

Bei Oma ist alles so einfach. Alles Schwierige wird hier ganz leicht. Oma sagt nichts dazu, dass Gunn und Sina zu Hause geblieben sind oder dass Rikka Gunn im Einkaufszentrum angeschrien hat und weggelaufen ist. Sie lacht einfach und redet über ganz andere Dinge. Oma ist auch Sinas Oma, aber nicht die von Anna und Nils. Sie hat Anna und Nils noch nie gesehen. Das ist schon ein komischer Gedanke. Anna und Nils haben eine andere, eigene Oma. Peters Mutter. Die lacht nie. Sie lebt in einem Pflegeheim und schaut immer nur aus dem Fenster, riecht alt und beklagt sich übers Wetter. Obwohl sie gar nicht rausgeht, weil sie so schlecht zu Fuß unterwegs ist. Manchmal tun ihr Anna und Nils richtig leid, dass die beiden keine Oma wie ihre Oma haben.

Am Ende ist Rikka nach der langen Fahrt und den vielen Frikadellen, die sie verdrückt hat, so müde, dass sie dreimal nacheinander gähnt.

„Magst du dich schlafen legen?", fragt Oma. „Ich habe dir das Bett im blauen Zimmer gemacht."

Rikka putzt die Zähne und geht die Treppe hoch in das blaue Zimmer. Es ist das erste Mal, dass sie alleine dort schläft. Sie und Papa sind immer im Sommer hier, wenn die Cousinen und Cousins auch da sind. Früher sind Mama, Papa und sie im Sommer zusammen hierhergekommen, dann eine Weile nur Papa und sie. Jetzt kommt sie zusammen mit Papa, Sina und Gunn. Und allen Tanten und Onkeln und deren Kindern, insgesamt sieben Cousinen und Cousins. Rikka und die fünf anderen, die ungefähr in einem Alter sind, schlafen in dem blauen Zimmer zusammen. Sie und Inga-Helen schlafen in den unteren Kojen der Stockbetten an der hohen Wand, oben schlafen Leopold und Frederik. In den zwei Betten unter der Dachschräge schlafen Liva und Nina-Marie. Der Raum ist so schmal, dass sie nur die Hand ausstrecken muss, um Nina-Marie zu berühren.

Jetzt liegt Rikka allein dort. Das ist ein seltsames Gefühl. Es ist so still. Sie kommt sich gemein vor, weil sie Gunn angeschrien hat und ohne Lise mit Tom baden gefahren ist. Vielleicht ist es ja ihre Schuld, dass immer alles so kompliziert wird. Vielleicht stimmt ja irgendwas nicht mit ihr. Vielleicht liegt es ja an ihr, dass Mama und Papa es nicht länger zusammen ausgehalten haben.

Oma und Papa sitzen in der Küche und unterhalten sich. Rikka kann nicht hören, worüber sie reden, aber bei dem gleichmäßigen Murmeln ist sie bald eingeschlafen.

Rikka wird von der Sonne geweckt, die durch das Fenster scheint. Sie zieht sich an und geht runter in die Küche, wo Oma sitzt und ein Buch liest.

„Guten Morgen, Rikka", sagt sie mit einem breiten Lächeln. „Dein Papa schläft noch. Er muss wohl ein bisschen Schlaf nachholen."

„Er war gestern arbeiten", sagt Rikka. „Wie fast immer am Samstag."

„Na, so was", sagt Oma. „Dann lassen wir ihn noch ein wenig schlafen. Komm, setz dich zu mir."

Rikka setzt sich an den Küchentisch. Oma sieht sie lächelnd an.

„Was ist da gestern eigentlich passiert?"

Rikka starrt auf die Tischplatte. Auf Omas blumengemusterte Tischdecke. Dann hebt sie den Kopf und sieht Oma an und sagt all das, was sie eigentlich gar nicht sagen wollte.

„Lise und ich haben uns gestritten, darum habe ich eigentlich keine Lust, das Wochenende über bei Papa und Gunn zu sein. Ich will in Furutoppen sein."

„Lise ist deine Freundin, oder?", fragt Oma.

Rikka nickt.

„Und Gunn ist blöd und nennt mich immer Bonus-Tochter und Bonus-was-weiß-ich. Ich will kein Bonus sein, ich will, dass alles wieder so ist wie früher, als Mama und Papa noch zusammengewohnt haben. Jetzt stehe ich zwischen allem und gehöre nirgends richtig dazu!"

Oma sieht sie eine Weile ernst an.

„Ich will dir ein Geheimnis verraten, Rikka", sagt sie. „Du bist das mutigste meiner Enkelkinder."

Rikka sieht sie an, ohne richtig zu verstehen, was Oma damit meint. Nina-Marie ist eigentlich die Mutigste von ihnen, sie hat vor nichts Angst.

„Du reist zwischen deiner Mama und deinem Papa hin und her", sagt Oma. „Du hast deine Eltern nie zur gleichen Zeit und triffst deinen Papa viel zu selten. Du musstest dich an einen neuen Stiefvater und eine neue Stiefmutter gewöhnen. Trotzdem bis du lieb und freundlich, du machst keinen Ärger und keine Dummheiten."

Oma verstummt und sieht Rikka an.

Hat Papa Oma nicht erzählt, dass sie Gunn angeschrien hat?, überlegt Rikka. Dass sie dauernd Ärger und Dummheiten macht?

„Jeder Mensch hat ein Herz", sagt Oma. „Und jedes Herz hält unterschiedlich viel aus. Deins hält viel aus,

Rikka. Dein Herz hat gelernt, viel auszuhalten. Und wenn dein Herz voll ist, dann machst du den Mund auf. Und das, was du dann sagst, sollte man sich gut anhören!"

Oma lacht.

Rikka lächelt zurückhaltend. Sie denkt über das nach, was Oma gerade gesagt hat.

„Vielleicht wäre es einfacher für dich, wenn Papa und Gunn nach Furutoppen ziehen, aber vielleicht würde es für Gunn dadurch schwieriger werden", spricht Oma weiter. „Gunn steht auch irgendwo mittendrin in dem, was zwischen dir, deinem Papa und deiner Mama gewesen ist. Aber sie ist erwachsen, um sie müssen wir uns keine Sorgen machen." Oma lacht ihr warmes Lachen, ehe sie wieder ernst wird. „Aber es ist trotzdem wichtig, das zu wissen."

Jetzt lacht Rikka auch. Ein wohltuendes In-Omas-Küche-Lachen. Weil sie so erleichtert ist, dass Oma ihr nicht böse ist, weil sie Gunn angeschrien hat. Und weil sie sich so freut, dass sie Omas mutigstes Enkelkind ist.

„So", sagt Oma. „Und jetzt braten wir Eier und Speck zum Frühstück."

„Was heckt ihr beide aus?", fragt plötzlich Papa hinter ihnen. Er steht auf der Türschwelle und streckt sich genüsslich.

„Nichts", sagt Oma und lächelt Rikka verschwörerisch zu. „Wir braten jetzt Eier und Speck."

„Ich liebe Wochenenden!", platzt Papa heraus und beginnt, den Tisch zu decken.

„Besonders die Oma-Wochenenden", sagt Rikka mit einem Grinsen von einem Ohr zum anderen.

„Besonders die", sagt Papa und gibt ihr eine Bärenumarmung.

Als sie wieder im Auto sitzen auf dem Weg nach Furutoppen, fragt Papa, wie es ihr geht.

„Supergut", sagt Rikka, und das stimmt sogar.

„Du bist nicht genervt wegen der vielen Fahrerei?"

„Überhaupt nicht!"

„Weißt du, Rikka", sagt Papa, „ich musste einfach mal wieder mit meiner Mutter reden. Manchmal ist es das Einzige, was einem erwachsenen Mann weiterhilft: mit seiner Mutter zu reden. Denk immer daran!"

„Nicht für Peter", sagt Rikka. „Seine Mutter meckert immer nur übers Wetter, mit ihr kann man nichts bereden."

„Das ist sehr schade für Peter", sagt Papa.

„Aber weißt du was?", sagt Rikka, weil ihr ein Gedanke im Kopf rumkreist, den sie laut aussprechen muss. „Manchmal muss ein Mädchen auch einfach mit seinem Papa zusammen sein!

„Da hast du vollkommen recht", sagt Papa und wuschelt ihr durchs Haar.

An diesem Abend, als Rikka wieder in ihrem eigenen Bett liegt, kriecht sie ans Fenster und wirft vorsichtig einen Blick zum Nachbarhaus rüber. In Jimmys Zimmer ist es ganz dunkel.

Rikka hat eine Idee

Als Rikka am nächsten Morgen wieder aus dem Fenster schaut, ist er immer noch nicht da. Es ist irgendwie witzlos, jemanden auszuspionieren, der sich nie blicken lässt. Anna und Nils sind jedenfalls zu Hause. Sie kreischen und krakeelen, und immer wieder ruft Mama, dass sie leiser sein sollen. Vielleicht hat Lise inzwischen ja vergessen, was passiert ist, denkt Rikka, als sie sich anzieht. Vielleicht vermisst Lise sie ja so doll, dass sie nicht länger wütend auf sie sein kann?

Aber dem ist nicht so. In der Schule ist Lise weiter mit Ariane und Marte zusammen. Sie scheint Rikka völlig vergessen zu haben. Jedenfalls fühlt es sich so an, als wären sie nie beste Freundinnen gewesen.

Auf dem Heimweg von der Schule den Hügel hoch hört sie Pip in Toms Haus bellen. Da hat sie die geniale Idee. Sie könnte doch, ganz zufällig, mit Pip an Lises Haus vorbeispazieren? Völlig unauffällig. Dann ist sie nicht dort, um Lise zu treffen, sondern weil sie mit Pip Gassi geht.

Sie klingelt. Mona öffnet die Tür.

„Kann ich mit Pip Gassi gehen?", fragt sie.

„Aber sicher!", sagt Mona erfreut.

Pip freut sich ebenfalls, mit ihr spazieren zu gehen. Er schnüffelt aufgeregt und wieselt runter in den Graben und wieder raus aus dem Graben, hat alle Zeit der Welt. Er hat keine Ahnung, dass es um Leben und Tod geht.

Rikka biegt in Lises Straße ab. Das Haus ist schon von der Kreuzung zu sehen. Jetzt kommt es drauf an. Sie muss so tun, als würde sie ganz zufällig vorbeispazieren, weil Pip unbedingt hier abbiegen wollte. Sie könnte sagen, dass Pip einfach nicht zu halten ist, wenn er irgendwo hinwill, was nicht ganz die Wahrheit ist. Rikka kann ihn ziemlich leicht am Halsband in die Richtung ziehen, in die sie will.

Lise, Ariane und Marte sind im Garten und spielen. Ariane sagt etwas, und wie auf Kommando drehen sich alle drei um und starren Rikka an. Sie sagen nichts. Rikka geht weiter, als ob nichts wäre. Die drei haben ihr Spiel unterbrochen und stehen bewegungslos da, als Rikka und Pip am Zaun entlanggehen. Als Rikka und Pip fast außer Sicht sind, fangen sie an zu lachen. Ganz laut. Das Lachen tut weh. Rikka fängt an zu laufen. Pip auch. Er liebt es zu laufen. Rikka läuft, so schnell sie kann. Sie läuft, weil sie nicht will, dass jemand ihre Tränen sieht.

„Hallo!", ruft jemand laut hinter ihr.

Sie läuft weiter, obwohl sie Jimmys Stimme erkennt. Er soll sie auf keinen Fall mit tränen- und rotzverschmiertem Gesicht sehen. Sie wischt sich beim Laufen mit dem Handrücken über die Wangen.

„Hallo!", ruft er noch einmal und holt sie mit dem Rad ein.

Als sie den Blick hebt, sieht sie, dass er sieht, dass sie weint. Und im nächsten Moment ist er weg. Er fährt ein U mit dem Rad und rast die Straße hinunter.

Rikka bleibt stehen. Ihre Wangen glühen, obwohl sie ganz alleine auf der Straße ist. Pip springt und tänzelt um sie herum und will weiter um die Wette laufen. Er ahnt nichts von der Superkrise, die gerade ausgebrochen ist. Jetzt erzählt Jimmy bestimmt überall herum, dass sie heulend durch die Gegend gerannt ist. Die ganze Schule wird über sie lachen.

Rikka und Pip gehen und gehen und gehen. Irgendwann haben sie den höchsten Punkt von Furutoppen
erreicht, von dem aus man den ganzen Hügel mit allen
Häusern, der Schule und den Geschäften sehen kann.
Sie kann Lises Haus sehen. Es ist nur ein kleiner Punkt.
Sie möchte so gerne mit den anderen im Garten spielen.
Und jetzt hat sie sich auch noch vor Jimmy blamiert. Ihr
wird ganz flau, als sie daran denkt. Wie soll sie jemals
wieder in die Schule gehen?

Busausflug

Aber sie muss in die Schule. Und das, obwohl es über Nacht eisig kalt geworden ist. Als hätte der Sommer den Herbst übersprungen und wäre direkt in den Winter übergegangen. Es hilft auch nichts, dass sie sagt, ihr wäre schlecht. Mama ist schon bei der Arbeit und Peter glaubt ihr nicht.

„Du siehst nicht kränker aus als ein frischer Fisch", sagt er mit einem Zwinkern.

Rikka stöhnt.

„Wie sieht deine Jacke aus?", fragt er und starrt in den Garderobenschrank.

„Rot", antwortet Rikka.

„Hier ist nirgendwo eine rote Jacke!", seufzt Peter und hält ihr eine weiße, viel zu große Jacke hin. „Kannst du die nehmen?"

Rikkas Klasse hat heute ihren Freilufttag, sie wollen überm Lagerfeuer Würste grillen. Peter schüttelt einen Fleecepullover aus, der Anna gehört.

„Kannst du die anziehen?", fragt er noch einmal und schüttelt die weiße Riesenjacke hin und her.

„Aber meine Jacke ist rot", wiederholt Rikka.

Peter findet keine rote Jacke, also bleibt Rikka keine andere Wahl, als Mamas weiße Jacke anzuziehen, die viel zu groß ist. Peter murmelt etwas über die verfluchte Kälte und Lungenentzündung. Im letzten Winter hatte er eine Lungenentzündung. Er war zwei Monate lang krank, und jetzt macht er sich große Sorgen, dass Rikka auch eine kriegen könnte.

„Bist du fertig?", ruft er, obwohl Rikka direkt neben ihm steht. „Du musst mit mir fahren, sonst kommen wir zu spät!"

Er ist megagestresst und probiert, so gut es eben geht, Anna den Overall anzuziehen.

„Ich helfe Nils beim Anziehen", sagt Rikka.

„Danke", sagt Peter mit Schweißperlen auf der Stirn.

Rikka setzt sich neben Nils auf den Boden, zieht ihm den Overall und die Schuhe an und findet seine Mütze.

Rikka hätte nichts dagegen, den Bus zu verpassen.

Wie schnell kann Jimmy rumerzählt haben, dass er sie heulen gesehen hat? Mit rotzverschmiertem Gesicht? Ihr Magen krampft sich zusammen.

„Irgendwas nicht in Ordnung, Rikka?", fragt Peter, als er vor dem Schultor hält.

Rikka bleibt sitzen. Sie hat Bauchschmerzen.

„Mein Leben ist vorbei", sagt sie und starrt mit leerem Blick vor sich hin.

„Vorbei?", fragt Peter. „Was soll das heißen? Ist was passiert?"

Sie kann Peter unmöglich erzählen, was passiert ist. Weiß nicht, wie sie es ihm erklären soll. Und er wird es garantiert Mama weitererzählen, und dann will Mama nur wieder ein ernstes Wörtchen mit ihr reden. Das erträgt sie jetzt nicht.

„Nein, nichts", sagt sie und sieht den Bus, mit dem die Klasse in den Wald fahren will, angefahren kommen. Sie muss rennen, um ihn zu erreichen.

Als sie in den Bus einsteigt, rechnet sie fest damit, dass alle sie auslachen und auf sie zeigen und falsche

Heullaute von sich geben. Aber nichts dergleichen passiert. Die anderen beachten sie gar nicht.

Lise sitzt neben Ariane. Marte sitzt vor ihnen und hängt über die Rückenlehne. Rikka geht weiter nach hinten und setzt sich auf einen freien Zweisitzer. Die weiße Jacke ist viel zu groß, sie hängt an ihr wie ein schlaffes Zelt. Die Finger verschwinden in den viel zu langen Ärmeln.

„Hast du eine neue Jacke?", fragt Gitte und prustet los.

Rikka hat keine Lust zu antworten.

„Ich will übrigens eine Geburtstagsparty feiern", sagt Gitte und zieht etwas aus ihrem Rucksack. „Und alle aus der A- und B-Klasse sind eingeladen."

Sie hält eine Karte vor sich. Rikka schiebt die Hand aus dem Ärmel und nimmt sie.

Für Rikka
Ich lade dich zu meinem
10. Geburtstag ein
am Samstag, den 1. Oktober um 12 Uhr
Liebe Grüße
Gitte
PS: Ich wünsch mir Geld.

„Danke!", sagt Rikka und kann sich nicht erinnern, schon einmal bei Gitte eingeladen gewesen zu sein. Wahrscheinlich war sie die anderen Male bei Papa.

„Wir spielen *Wahrheit, Zusammen oder Pflicht*", erzählt Gitte weiter. „Das wird supercool! Darum habe ich auch die A und B eingeladen, sonst wäre ja niemand fürs *Zusammen* da."

„Jimmy zum Beispiel", sagt Silje, und alle lachen laut.

„Jimmy ist meiner", sagt Gitte, und sie lachen noch lauter.

„Was bedeutet *Zusammen*?", fragt Rikka und tut so, als hätte sie das mit Jimmy nicht mitbekommen.

„Wenn man Zusammen statt Wahrheit oder Pflicht wählt, muss man sagen, mit wem man zusammen sein möchte", erklärt Gitte.

Rikka weiß jetzt schon, dass sie ganz bestimmt nicht *Zusammen* wählt. So wie sie weiß, dass Gitte genau das wählen wird. Als sie das denkt, kribbelt es irgendwie merkwürdig in ihrem Bauch.

„Einfach nur *Wahrheit oder Pflicht* ist total kindisch und langweilig", sagt Gitte.

Der Lehrer räuspert sich laut, als der Bus hält.

„Ich teile euch jetzt in Zweiergruppen ein", ruft er durch den Bus.

„Rikka und Lise!", sagt er. „Ariane und Marte!"

Vor ein paar Tagen noch hätte Rikka sich riesig gefreut, dass er Freundinnen nicht in unterschiedliche Gruppen steckt. Manche Lehrer bestehen darauf, Freunde unbedingt zu trennen. Aber in diesem Moment findet sie, dass er ein blöder Idiot ist, der nichts rafft. Was ist eigentlich mit den Erwachsenen los? Die kriegen echt nichts mit! Sie hört Lise weiter vorne im Bus laut stöhnen. Nachdem sie vorhin im Auto schon gesagt hat, ihr Leben wäre vorbei, kann sie auch gleich die von Peter befürchtete Lungenentzündung kriegen.

Der Lehrer teilt ein Blatt Papier und einen Stift an jeden aus.

„Wir machen ein Herbst-Bingo", sagt er mit einem Lächeln, als wäre Herbst-Bingo das Aufregendste auf der Welt. „Wenn ihr alle Kästchen angekreuzt habt, treffen wir uns wieder hier. Und denkt dran: keine Pilze pflücken!"

Ehe sie aus dem Bus steigt, zieht Rikka die viel zu große weiße Jacke aus. Mit dem hässlichen Ding kann sie sich unmöglich sehen lassen. Und am wenigsten will sie von Lise ausgelacht werden.

Freilufttag

Sie stehen vor dem Bus mit ihren Bingo-Blättern in der Hand und versuchen, sich nicht anzusehen.

„Also gut", sagt Lise schlecht gelaunt. „Dann machen wir jetzt wohl das Herbst-Bingo zusammen."

„Ja", antwortet Rikka. „Bleibt uns wohl kaum was anderes übrig."

Sie gehen in den Wald. Es fühlt sich so fremd an, mit Lise, die sie besser als alle anderen kennt, in einer Gruppe zu sein. In diesem Moment kommt es Rikka so vor, als würden sie sich gar nicht kennen. Wie zwei Fremde, die sich zum ersten Mal begegnen. Rikka weiß nicht, was sie sagen oder tun soll. Oder nicht sagen und nicht tun. Es wäre eine echte Katastrophe, wenn sie noch einmal etwas sagt oder tut, das Lise falsch versteht. Rikka wünscht sich ein über ihnen auftauchendes Ufo, das sie aufsaugt und Lise auf der Erde zurücklässt.

„Du bist also auch zu Gittes Geburtstag eingeladen?", fragt Lise.

„Ja", antwortet Rikka und starrt auf den Boden.

Sie entdeckt eine Eichel und einen Tannenzapfen und macht zwei Kreuze auf ihrem Bingozettel.

Sie ist froh, wenn sie den Bingo-Quatsch schnell hinter sich haben und Würste über dem Feuer grillen. Dann kann sie sich weit weg von Lise einen Platz suchen. Es macht keinen Spaß, mit Lise durch den Wald zu laufen, wenn es so zwischen ihnen ist. Sie sind beide lange ganz still.

„Warum wolltest du mich nicht dabeihaben?", fragt Lise unerwartet und Rikka zuckt erschrocken vor der Wut in Lises Stimme zusammen.

„Wo?", fragt Rikka.

Sie weiß nicht, was Lise meint. Es ist schließlich Lise, die Rikka nicht mehr dabeihaben will.

Lise steht vor ihr und funkelt sie wütend an.

„Beim Baden mit Tom, doofe Kuh", faucht Lise und verschwindet zwischen den Bäumen.

Rikkas Mund ist ganz trocken, ihre Stimme hat sich verabschiedet. Sie will Lise hinterherrufen, aber stattdessen bleibt sie neben einem hohen Baum stehen. Starrt auf die Rinde. Ein kleiner Käfer krabbelt den Stamm hoch und ahnt nichts von dem komplizierten Leben außerhalb seiner Käferwelt.

„Was machst du denn ganz alleine hier?", fragt plötzlich jemand hinter ihr.

Es ist ihr Lehrer.

„Lise ist da drüben", sagt sie und zeigt zwischen die Bäume, damit es nicht noch komplizierter wird.

„Na, dann ist ja gut", sagt er und geht weiter.

Rikka geht eine Böschung hinunter und setzt sich auf einen Stein. Lise wird sich nie wieder mit ihr vertragen. Bestimmt hat sie längst Ariane und Marte eingeholt und füllt mit ihnen ihren Herbst-Bingo-Zettel aus. Rikka bleibt lange auf dem Stein sitzen. Irgendwann hört sie den Lehrer rufen, dass jetzt Würste gegrillt werden. Sie sieht ihren Zettel mit den zwei Kreuzen an, kreuzt die restlichen Kästchen ab und läuft zurück zur Klasse.

Die Schüler sitzen um das Lagerfeuer herum, Lise, Ariane und Marte ein Stück abseits von den anderen. Gitte und ihre Clique auf der einen, die Jungs auf der anderen Seite. Rikka setzt sich an den Rand der Gitte-Clique. Der Lehrer drückt ihr einen Stock in die Hand und eine Wurst. Sie grillt ihr Würstchen über dem Feuer und redet mit niemandem. Es ist kalt, und sie friert. Sie schaut zu Lise rüber, die sie im gleichen Moment direkt ansieht. Als ihre Blicke sich begegnen, kneift Lise die Augen zusammen und dreht sich weg.

Als der Bus später auf dem Schulhof hält, klemmt Rikka sich die weiße Jacke unter den Arm und will so schnell wie möglich nach Hause gehen. Da stößt Gitte einen lauten Schrei aus und prustet los.

„Rikka!", ruft sie. „Rikka, hast du das hier schon gesehen?"

Silje und die anderen schreien durcheinander und lachen. Rikka schaut in die Richtung, in die sie zeigen. Auf dem Asphalt vor dem Bus steht mit großen weißen Kreidebuchstaben:

RIKKA IST COOL

Sie bleibt stehen, dann wird sie rot. Danach wird ihr ganz warm, obgleich sie eben noch gefroren hat. Sie weiß nicht, was sie sagen soll.

„Hast du einen Freund?" Gitte lacht und verstellt ihre Stimme. „Wer ist denn dein Prinz?"

Jemand tippt ihr auf die Schulter. Rikka dreht sich um und sieht in Lises Gesicht.

„Ist es Tom? Und ich dachte, wir könnten uns wieder vertragen."

Lise macht auf dem Absatz kehrt und fährt mit Ariane und Marte nach Hause. Rikka steht wie angewurzelt da und starrt die weißen Buchstaben an. Am liebsten würde sie hinter Lise herrufen, dass sie gar nicht in Tom verliebt ist. Dass das unmöglich Tom geschrieben haben kann. Dass Tom sich nur dafür interessiert, mit seinen Freunden Fußball zu spielen. Aber Lise ist schon weit weg.

Rikka fühlt sich ganz komisch, als hätte sie gleichzeitig Schüttelfrost und Fieber. Gitte lacht laut.

„Rikka ist cool", frotzelt sie und wackelt mit dem Po.

Rikka versucht, die Buchstaben auf dem Asphalt mit dem Schuh wegzuwischen, aber das geht nicht, sie werden nur etwas schwächer.

Rikka setzt sich in Bewegung. Sie überlegt, in der Nacht noch einmal herzukommen und die Buchstaben wegzuschrubben, als jemand in voller Fahrt an ihr vorbeirast. Es ist Jimmy. Rikka wird noch roter und hofft, dass er das mit ihrer Heulerei vergessen hat.

Rikka ist krank

Als Rikka am nächsten Morgen wach wird, läuft ihre Nase ganz doll und sie kann gar nicht mehr aufhören zu husten, nachdem sie einmal damit angefangen hat. Mama legt ihre eine Hand auf die Stirn und sagt, dass sie Fieber hat. In dem Moment fällt Rikka wieder ein, dass Lise glaubt, der Spruch auf dem Schulhof stamme von Tom. Sie muss ihr unbedingt sagen, dass das nicht Tom geschrieben hat.

„Ich fühle mich aber gar nicht krank!", sagt sie matt. „Ich muss heute in die Schule."

„Du siehst aber gar nicht gesund aus", sagt Mama. „Besser, du bleibst heute im Bett."

Rikka schwingt die Beine über die Bettkante. Sie kann unmöglich im Bett liegen bleiben. Sie muss mit Lise reden, ihr erzählen, was an dem Tag passiert ist, als sie mit Tom und seiner Mutter zum Waldsee gefahren ist. Dass sie sich eigentlich nur mit Mona unterhalten hat. Aber sie kippt zurück aufs Kissen, ist schlapp wie ein Waschlappen.

„Hast du die Jacke nicht angezogen, die wir für dich rausgesucht haben?", fragt Peter mit verzweifeltem Blick von der Türschwelle. „Hoffentlich kriegst du keine Lungenentzündung!"

„Die war viel zu groß", nuschelt Rikka.

„Was hast du dir dabei gedacht, sie mit meiner Jacke loszuschicken!?", sagt Mama zu Peter.

„Das war die einzige Jacke, die wir gefunden haben!", sagt Peter noch verzweifelter.

„Und wo ist deine rote Jacke?", fragt Mama.

„Ich glaube, bei Papa", sagt Rikka und schließt die Augen.

„Aber wir haben doch abgemacht, dass alle Sachen hier bei uns sind, damit ich den Überblick behalte!", sagt Mama.

„Das habe ich wohl vergessen, als der Sommer da war", antwortet Rikka.

„Jedenfalls ist es nicht Rikkas Schuld, dass die Jacke nicht hier war", sagt Peter.

Rikka kriegt eine Hustenattacke. In ihrem Kopf dreht sich alles. Die Jacke und Lise und die Buchstaben auf dem Schulhof wirbeln durcheinander. Es schüttelt sie, als sie daran denkt.

„Ich mach heute Homeoffice und bleibe bei Rikka", sagt Peter.

Rikka ist warm. Ihre Arme fühlen sich so schlapp an, dass sie sich gar nicht vorstellen kann, dass diese Arme gestern noch einen Schulausflug gemacht haben. Oder dass ihre Arme und Beine jemals wieder irgendwas machen können.

Irgendwann steckt Peter den Kopf zur Tür herein und fragt, ob Rikka etwas essen möchte. Möchte sie nicht.

„Was hast du eigentlich damit gemeint, als du gestern gesagt hast, dein Leben wäre vorbei?", fragt er und setzt sich auf die Bettkante.

„Was?", sagt Rikka matt.

„Du hast gestern im Auto zu mir gesagt, dein Leben wäre vorbei."

„Ach, das", sagt sie und denkt wieder an Lise, als sie verliebt war und nur über Tom reden wollte.

„Warum reden Verliebte die ganze Zeit nur von denen, in die sie verliebt sind?", fragt Rikka.

Peter sieht sie überrascht an, dann lächelt er.

„Weil Verliebte ein bisschen verrückt sind."

„Verrückt?"

„Ja, sie werden ein bisschen wirr im Kopf", sagt Peter und lacht. „Sie können nur noch ans Verliebtsein denken. Bist du verliebt?", fragt er.

„Verliebt? Ich? Bist du verrückt?", sagt Rikka.

Und dann müssen sie beide lachen, weil sie ihn verrückt genannt hat, obwohl doch eigentlich die Verliebten verrückt sind.

„Ich mache dir einen Toast mit Butter", sagt Peter. „Magst du das?"

„Ich probiere es", sagt Rikka und ist eingeschlafen, ehe er zurück ist.

Als sie das nächste Mal wach wird, sitzt Papa auf ihrer Bettkante.

„Hallo, Knuddel-Rikka", sagt er leise. „Tut mir leid, dass die Jacke bei uns lag."

„Macht nichts", sagt Rikka und sieht müde in seine traurigen Augen.

„Ich habe sie dir mitgebracht", sagt er. „Damit du nicht frieren musst, wenn du wieder gesund bist."

Er streichelt Rikka über die Stirn, bis sie wieder einschläft. Als sie aufwacht, sitzt er immer noch da.

„Ich hab Durst", sagt Rikka.

„Ich sag Peter Bescheid", sagt Papa. „Ich muss zurück zur Arbeit und kann hier ja nicht einfach die Schränke durchwühlen, weißt du", sagt er und zwinkert.

Rikka bringt kein Lächeln zustande, sie hat solchen Durst.

„Ich geh dann mal", sagt Papa.

„Bleib noch ein bisschen", murmelt Rikka, aber da ist Papa schon weg. Kurz darauf kommt Peter mit einem Glas Wasser.

Rikka ist den ganzen Tag krank. Es wird Nachmittag und Abend und draußen wird es dunkel. Sie hat im Laufe des Tages so viel geschlafen, dass sie sich nicht mehr müde fühlt, nur schlapp. Plötzlich wischt ein Licht über ihr kleines rundes Fenster. Sie denkt gerade, was das wohl war, als das Licht in die andere Richtung zurückwischt. Sie schiebt sich ans Fenster und schaut hinaus.

Auf der anderen Seite, im Dachzimmer vom Nachbarhaus, wedelt jemand mit einer Taschenlampe. Jetzt ist der Strahl direkt auf sie gerichtet. Sie weiß genau, wer dort sein Zimmer hat. Rikka steigt aus dem Bett, obwohl sie immer noch glüht und weiche Beine hat. Sie zieht eine Schublade auf und sucht etwas. Ganz hinten findet sie die kleine Taschenlampe. Sie setzt sich aufs Bett und schickt

Jimmy ein Blinkzeichen. Sie blinken sich mehrmals an. Rikka muss lachen. Ihr ist ein bisschen schwindelig und ihr Herz pocht hart. Plötzlich ist es dunkel hinter Jimmys Fenster. Rikka starrt noch eine Weile aus dem Fenster, aber das Taschenlampenlicht bleibt aus.

Besuch

Rikka verschläft auch fast den ganzen Mittwoch. Erst als Mama, Anna und Nils nach Hause kommen, fühlt sie sich nicht mehr fiebrig. Endlich hat sie wieder Lust auf Fernsehen und Kakao.

„Bist du wieder gesund?", fragt Nils und setzt sich neben sie aufs Sofa.

Er stupst sie ein paarmal mit dem Ellbogen an, und Rikka kleckert etwas von dem Kakao auf ihr Schlafanzugoberteil.

„Sitz still", sagt sie genervt und schaltet auf einen Zeichentrickfilm um, den Anna und Nils auch sehen können.

„Bist du wieder gesund?", fragt Nils noch einmal und schiebt sein Gesicht ganz dicht vor ihrs.

„Fast", sagt Rikka.

„Dann können wir ja rausgehen", sagt Anna.

„Rikka muss heute noch drinnen bleiben", verkündet Mama.

„Aber wir wollen mit Rikka nach draußen!", ruft Anna und stampft mit dem Fuß auf.

„Morgen", sagt Mama.

„Nein, jetzt!", schreit Anna.

„Guck dir mit Nils und mir den Film an", sagt Rikka, worauf Anna sich protestlos zu ihnen aufs Sofa kuschelt.

Sie haben noch nicht lange ferngesehen, als es an der Tür klingelt.

„Rikka!", ruft Mama. „Besuch für dich!"

Rikka befreit sich aus dem Geschwisterknäuel. Wer kann das sein? Lise? Sie läuft zur Haustür. Und bleibt überrascht stehen, als sie sieht, wer dort steht. Jimmy.

„Hallo", sagt sie und wird rot.

„Hallo", sagt Jimmy. „Bist du krank?"

„Nicht mehr richtig", sagt Rikka, als ihr einfällt, dass sie nur einen Schlafanzug anhat. Der dank Nils mit Kakao bekleckert ist.

„Hallo", sagt Mama hinter ihr, streckt die Hand aus und begrüßt Jimmy wie einen Erwachsenen. Peinlich. Warum kann sie nicht einfach ganz normal Hallo sagen?

„Komm doch rein", sagt sie und sieht Rikka an, die kein Wort herauskriegt. „Rikka hat kein Fieber mehr."

„Okay", sagt Jimmy. Mehr nicht, nur das. Er zieht seine Schuhe aus und im nächsten Moment steht Rikka alleine mit Jimmy im Flur.

Rikka würde gerne etwas zu ihrer Taschenlampenblinkerei vom Vorabend sagen, aber sie weiß nicht, wie sie anfangen soll. Alle Sätze, die sie in ihrem Kopf formuliert, hören sich irgendwie blöd an. Und Jimmy sagt auch nichts.

Sie setzen sich zu Anna und Nils ins Wohnzimmer.

„Wer bist du?", will Anna wissen.

„Jimmy", antwortet Jimmy.

„Ach so", sagt Anna, und dann sagt keiner mehr was.

Sie sitzen da und schauen sich Annas und Nils' Zeichentrickfilm an. Jimmy muss sie für völlig kindisch halten, weil sie diesen Kinderkram guckt. Ein spannender Film wäre ihr jetzt viel lieber. Oder ein gruseliger. Irgendwann ruft Mama, dass das Essen fertig ist.

„Magst du mit uns essen?", fragt sie Jimmy.

„Nein danke, ich muss nach Hause", sagt Jimmy und steht auf.

„Sicher?", hakt Mama nach. „Es gibt Fischklöße in weißer Sauce, und es ist genug für alle da."

„Nein danke", sagt Jimmy noch einmal und Rikka wäre sehr dankbar, wenn Mama sie einfach in Ruhe ließe. Oder wenn sie wenigstens Pizza gemacht hätte.

Nach dem Essen läuft Rikka gleich in ihr Zimmer hoch. Sie späht ganz vorsichtig aus dem Fenster und hofft, dass Jimmy sie nicht sieht. Drüben bewegt sich nichts. Sie wartet noch eine Weile, aber es kommt niemand. Sie denkt an Jimmy. An seine zerzausten Haare. Bestimmt fand er sie total hässlich in ihrem fleckigen Schlafanzug und war froh, dass er gehen konnte, als das Abendessen fertig war. Kein Fünftklässler guckt mehr solche Baby-Zeichentrickfilme. Rikka legt sich auf den Rücken und starrt an die Zimmerdecke. Sie denkt an Jimmys grau-blau gestreiften Pulli. So einen Pulli hätte sie auch gerne.

Jimmy

Am nächsten Tag ist Rikka wieder gesund genug, um in die Schule zu gehen. Als sie die Haustür aufmacht, staunt sie nicht schlecht. Auf dem Zaunpfeiler sitzt Jimmy.

„Bist du wieder gesund?", fragt er und lächelt sie an.

„Ja", antwortet Rikka. Mehr fällt ihr nicht ein. Das Einzige, woran sie denken kann, ist der fleckige Schlafanzug.

Jimmy hüpft von dem Pfeiler und hebt sein Rad auf. Rikka fühlt sich gleich wieder ein bisschen fiebrig, als sie auf ihr Rad steigt und neben Jimmy den Hügel runterrollt. Sie sucht nach einem Gesprächsthema, aber ihr Kopf kann einfach keinen klaren Gedanken denken, wenn er in der Nähe ist, heute so wenig wie gestern.

Kurz bevor sie Lises Haus erreichen, biegt Lise auf ihrem Rad auf die Straße. Rikka sieht, dass Lise sie sieht und prompt schneller fährt. Bald ist sie weit vor ihnen.

„Geht die nicht in deine Klasse?", fragt Jimmy.

„Ja", sagt Rikka und tritt in die Pedale, damit Jimmy nicht weiterfragt.

In der Schule angekommen, schließen sie ihre Räder ab und gehen nebeneinander über den Schulhof. Es steht immer noch RIKKA IST COOL auf dem Asphalt. Nicht mehr so deutlich wie vor ihrer Erkältung, aber gut lesbar. Rikka schaut sich um, ob sie jemand sieht, Gitte zum Beispiel. Das würde ihr gefallen.

Und Gitte hat sie tatsächlich gesehen. Und sie ist nicht gerade begeistert.

„Aha", sagt sie, als Rikka in die Klasse kommt. „Und was hast du jetzt mit Jimmy zu schaffen?"

Sie steht mit verschränkten Armen vor Rikka und funkelt sie wütend an.

„Er ist mein Nachbar", sagt Rikka. „Da ist es doch ganz natürlich, dass wir zusammen zur Schule fahren."

Im Augenwinkel sieht sie, dass Lise sich umdreht und zu ihr rüberschaut. Die ganze Klasse dreht sich um, um zu sehen, was zwischen ihr und Gitte passiert.

„Warum fährst du nicht mit Lise zur Schule?", fragt Gitte und sieht Lise an, die mit Ariane und Marte zusammensitzt. „Was ist eigentlich zwischen euch vorgefallen?"

Rikka schaut zu Lise. Keine von ihnen sagt etwas.

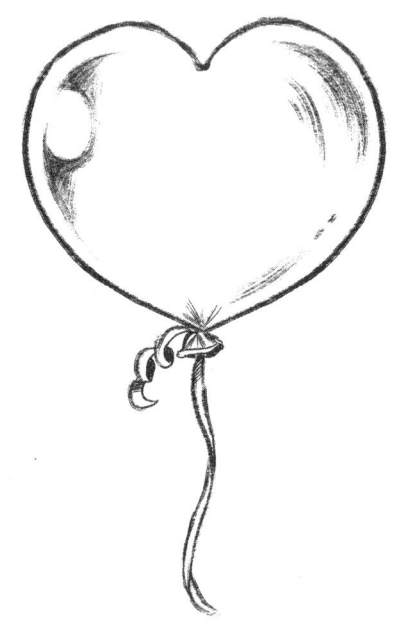

Gittes Geburtstag

Es ist Samstag, der 1. Oktober. Rikka steht vor Gittes Haustür. Sie ist spät dran. In der Hand hält sie einen Umschlag mit einem Geldschein, und hinter der Tür hört sie die A- und die B-Klasse. So fühlt es sich also an, bei jemandem eingeladen zu sein, den man nicht sonderlich gut kennt. Sie würde einerseits gerne da rein, andererseits aber auch wieder nicht. Schließlich klingelt sie.

Gitte macht auf.

Hinter ihr steht Jimmy.

„Herzlichen Glückwunsch", sagt Rikka zu Gitte.

„Hallo", sagt Jimmy. „Ich habe dich schon vermisst."

Rikkas Herz überschlägt sich fast, als ihre Blicke sich begegnen.

Rikka hält Gitte den Umschlag hin, aber Gitte nimmt ihn nicht.

„Papa hat mich gebracht", sagt Jimmy zu Rikka. „Sonst hätten wir zusammen fahren können."

„Bitte schön und herzlichen Glückwunsch zum Geburtstag", sagt Rikka und wedelt mit dem Umschlag vor Gittes Nase rum, damit sie ihn endlich nimmt.

Aber Gitte ist nicht interessiert. Sie glotzt Jimmy an, ehe sie sich langsam zu Rikka umdreht und die Augen zusammenkneift.

„Weil ihr Nachbarn seid, oder was?", sagt sie und dreht sich wieder zu Jimmy um.

„Warum hängst du nicht mit Tom rum? Ist der nicht auch dein Nachbar? Was hast du mit der da zu schaffen?"

Gitte zeigt auf Rikka. Ihre Stimme ist laut und schneidend, Rikka hört, dass sie ordentlich sauer ist. Das ist nicht gut. Man weiß nie, was Gitte sich ausdenkt, wenn sie sauer ist.

Gitte schnappt den Umschlag aus Rikkas Hand und mustert sie von Kopf bis Fuß und wieder hoch zum Kopf.

„Wir spielen jetzt *Wahrheit, Zusammen oder Pflicht*", ruft sie plötzlich.

„Wollt ihr nicht erst essen?", fragt Gittes Mutter. Sie steht mit einer Schürze und einem Streifen Mehl im Gesicht in der Küchentür.

„Danach", sagt Gitte.

Sieht so aus, als würde Gitte auch über ihre Mutter bestimmen, denkt Rikka, nicht nur über ihre Mitschüler. Die Mutter geht jedenfalls zurück in die Küche.

Alle setzen sich auf den Boden, Rikka neben Jimmy.

„Ich fang an, weil ich Geburtstag habe", sagt Gitte. „Derjenige, auf den ich zeige, ist mit Rikka zusammen!"

Es hört sich an, als ob alle gleichzeitig nach Luft schnappen. Nur Rikka nicht, die hält die Luft an.

„Aber …", sagt sie. „Das kannst du doch nicht einfach bestimmen!"

„Das ist mein Geburtstag", sagt Gitte.

„Trotzdem kannst du nicht einfach die Regeln verändern!", ruft Rikka.

„Das hier ist mein Fest, mein Geburtstag und mein Haus", sagt Gitte. „Außerdem ist es so spannender, blöde Kuh!"

Rikka zuckt zusammen, als Gitte sie eine blöde Kuh nennt.

Ole lacht los, laut und höhnisch.

„So ist es spannender", wiederholt Silje und verdreht die Augen.

„Du kannst nicht einfach bestimmen, was man wählt und wen man wählt!", sagt Rikka verzweifelt. „Das ist gegen die Regeln!"

„Alles in Ordnung bei euch?", ruft Gittes Mutter aus der Küche.

„Ja, klar!", ruft Gitte zurück.

Rikka würde am liebsten „Nein!" rufen, als Jimmy plötzlich sagt: „Ich finde auch, dass du nicht einfach die Regeln ändern kannst!"

Gitte dreht sich zu ihm um und lächelt ihn an.

„Das tu ich ja gar nicht."

„Doch", sagt Rikka und schluckt geräuschvoll. „Wenn du auf mich zeigst, darf ich zwischen *Pflicht, Zusammen oder Wahrheit* wählen."

„Stimmt", sagt Ole nun auch. „Du kannst nicht einfach die Regeln ändern."

Rikka geht aus dem Kreis heraus. Da geht Gitte in den Ring, macht die Augen zu und beginnt, sich im Kreis zu drehen. Sie streckt den Zeigefinger aus und bleibt abrupt stehen.

„Du hast geguckt!", ruft Tom.

„Es ist Tom!", ruft Gitte. „Tom ist ab jetzt mit Rikka zusammen!"

„Du hast geguckt!", ruft Lise. „Ich hab auch gesehen, dass deine Augen nicht ganz zu waren!"

Rikka schaut von Tom zu Lise zu Gitte.

„Hier mag ich nicht länger bleiben", murmelt sie und läuft aus dem Zimmer.

„Ist das Fest schon vorbei?", fragt Mama, als Rikka zur Tür reinkommt.

„Ich will nicht mit Tom zusammen sein!", ruft Rikka und merkt, dass ihr Tränen in die Augen schießen, als sie das sagt.

„Was sagst du da?", fragt Mama und kommt zu ihr. Sie legt beide Arme um Rikka und drückt sie ganz fest an sich.

„Wir haben *Wahrheit, Zusammen oder Pflicht* gespielt", sagt Rikka nach einer Weile. „Und Gitte hat einfach bestimmt, dass ich ab jetzt mit Tom zusammen bin. ABER DAS WILL ICH NICHT!"

„Schhh, schhh", sagt Mama. „Das ist okay. Niemand darf bestimmen, dass du mit wem auch immer zusammen bist."

„Gitte macht das!", ruft Rikka.

„Auch Gitte nicht", sagt Mama.

„Sie glaubt aber, dass sie das kann, da hat man keine Chance", sagt Rikka. „Nicht bei Gitte. Sie macht, was sie will."

Und da erzählt Rikka alles. Fast. Von Lise und Tom und dem Badeausflug und dass Lise nicht mehr ihre Freundin sein will. Und dass die Tatsache, dass Rikka jetzt mit Tom zusammen ist, alles noch schlimmer macht, obwohl sie gar nicht mit ihm zusammen sein will.

„Rikka-Schatz!", sagt Mama. „Warum hast du denn nicht eher was gesagt?"

Rikka kann nicht antworten, weil so viele Schluchzer aus ihrem Mund kommen und keinen Platz für irgendwelche Worte lassen.

„Das mit Lise renkt sich bestimmt wieder ein", sagt Mama und drückt Rikka noch ein bisschen fester an sich. „Manche Menschen sind nachtragender als andere, aber das legt sich auch wieder, du wirst sehen. Lise ist wahrscheinlich genauso traurig wie du, dass ihr zerstritten seid. Bestimmt habt ihr euch einfach missverstanden."

Rikka nickt gegen Mamas Bauch und hofft, dass es so ist. Mama beugt sich vor und sieht ihr in die Augen.

„Vielleicht wäre es trotzdem gut, wenn du dich bei Lise entschuldigst", sagt sie.

Rikka denkt an Lise und Ariane und Marte, die auf sie zeigen und lachen.

„Aber sie will nicht mit mir reden. Dabei habe ich das doch nicht mit Absicht getan", sagt Rikka und schluchzt laut.

„Es gibt immer verschiedene Blickwinkel bei einer Sache", sagt Mama. „Lise sieht es von ihrer Seite und du von deiner. Aber du hast etwas Dummes getan, wenn auch nicht mit Absicht. Du solltest dich entschuldigen, damit Lise versteht, dass du das nicht gewollt hast und es dir leidtut."

Mama sieht Rikka an.

„Und was glaubst du, wie es Tom geht? Wahrscheinlich auch nicht besser als dir. Vielleicht ist er ja auch traurig, weil du so wütend geworden und einfach weggelaufen bist."

Darüber hat Rikka sich überhaupt keine Gedanken gemacht. Dass Tom sich mies fühlt, weil er jetzt unfreiwillig mit Rikka zusammen ist, die einfach abgehauen ist.

„Außerdem zählt es nicht, weil es nur ein Spiel ist", fährt Mama fort. „Im Sommer haben Anna und Nils im Garten Hochzeit gespielt, aber deswegen sind sie ja nicht wirklich verheiratet?"

„Stimmt", sagt Rikka. „Und weil es nur ein Spiel ist, bin ich auch nicht mit Tom zusammen. Vielleicht sollte ich zurückgehen und Tom das sagen."

„Gute Idee", stimmt Mama ihr zu. „Und hinterher sprichst du dich mit Lise aus."

Rikka nickt zögernd, weil sie nicht ganz sicher ist, dass Lise mit sich reden lässt. Mama nimmt sie noch einmal in den Arm. Das fühlt sich gleich etwas besser an.

Da klingelt Mamas Handy. Rikka ist auf dem Weg in den Flur, um ihre Schuhe anzuziehen.

„Hallo, Tobias", hört sie Mama sagen.

Rikka bleibt stehen. Papa heißt Tobias. Sie sieht Mama an, deren Gesicht sich verzieht. Rikka kann sehen, dass irgendetwas passiert ist.

„Oh nein", sagt Mama und „Oje" und noch einmal „Oh nein" und „Hoffentlich wird alles gut."

„Was ist los?", fragt Rikka, als Mama das Gespräch beendet hat.

„Ich muss mich hinsetzen", sagt Mama.

„Was ist los?", will Rikka wissen.

„Setz dich zu mir", sagt Mama, die auf einem Küchenstuhl Platz genommen hat.

Sie nimmt Rikkas beide Hände und hält sie ganz fest.

„Sina ist von einer hohen Mauer gefallen", sagt sie und verstummt.

Rikka wartet, dass sie noch etwas sagt. Mama streichelt ihre Finger.

„Sie ist mit einem Rettungshubschrauber ins Krankenhaus geflogen worden, dort sind sie jetzt. Sie wissen noch nicht, wie es für sie ausgehen wird."

Was meint Mama damit, dass sie nicht wissen, wie es für sie ausgehen wird?

„Was willst du damit sagen?", fragt Rikka. „Kann sie sterben?"

„Ich weiß es nicht", sagt Mama mit Tränen in den Augen. „Wir hoffen alle, dass es gut ausgeht, aber noch weiß man nichts."

Rikka sitzt ganz still da. „Papa meldet sich sofort, sobald er etwas Neues weiß", sagt Mama und drückt Rikka an sich.

„Okay", sagt Rikka.

„Willst du zurück zu dem Geburtstag?", fragt Mama.

Rikka schüttelt den Kopf. Ihr ist jetzt nicht nach Feiern.

„Wollen wir etwas zusammen machen? Fernsehgucken? Ein Spiel spielen? Irgendwas, das uns ablenkt?"

„Ich gehe in mein Zimmer", sagt Rikka, weil sie gerade über nichts mehr mit Mama reden will.

„Okay", sagt Mama. „Melde dich, wenn du doch lieber Gesellschaft haben oder reden willst."

Rikka verkriecht sich in der hintersten Ecke ihres Bettes und schaut durch das kleine runde Fenster hinaus. Sie denkt an Sina, die sie kaum kennt. Sina, die von einer hohen Mauer gefallen ist. Was, wenn Sina stirbt? Bei ihrem letzten Besuch hat sie nicht einmal mit Sina gespielt und obendrein gedacht, dass Sina ziemlich nervig und langweilig ist. Und zu allem Überfluss hat sie noch Gunn angeschrien und sie seitdem nicht mehr gesehen.

Rikka wickelt sich in ihre Decke ein und setzt sich so hin, dass sie Jimmys Haus sehen kann. In dem Moment schießt ihr durch den Kopf, dass Lise jetzt davon ausgeht, dass Rikka mit Tom zusammen ist. Warum passieren immer ihr so dumme Sachen? Hätte Gitte nicht jemand anders wählen können? Und warum ist sie mit Tom und seiner Mutter baden gefahren? Als sie anschließend wieder an Sina denkt, die vielleicht stirbt, kommen die Tränen. Sie drücken wie ein Wasserfall aus ihr heraus, und sie kann gar nicht mehr aufhören zu schluchzen.

Lieber Gott, denkt Rikka, wenn es dich gibt, und wenn du Sina wieder gesund machst, werde ich nie wieder denken, dass sie nervt. Dann werde ich nie wieder in meinem Leben irgendwas Dummes tun. Ich will immer nett sein und gute Dinge tun, OHNE dass man mich darum bitten muss. Und ich spiele auch JEDEN Tag mit Anna und Nils und Sina. Ehrenwort!

Im Krankenhaus

Rikka wacht völlig benommen auf. Sie schaut auf ihren Wecker. Fünf Uhr. Jemand hat sie ordentlich zugedeckt, auf dem Nachttisch steht ein Glas Wasser. Wahrscheinlich Mama. Nach und nach fallen ihr alle schlimmen Dinge wieder ein, die an diesem Tag passiert sind. Sinas Unfall und die Geburtstagsfeier und dass sie und Tom jetzt vielleicht zusammen sind.

Rikka geht runter zu Mama.

„Alles gut bei dir?", fragt Mama, als sie Rikka sieht.

„Ja", sagt Rikka.

„Ich mach dir dein Essen warm", sagt Mama und nimmt ein paar Stücke Pizza aus dem Kühlschrank. Sie schiebt den Teller in die Mikrowelle.

Rikka denkt, dass sie jetzt eigentlich bei Papa sein müsste. Immerhin ist sie Sinas große Schwester.

„Kann ich zu Papa?"

„Jetzt?", fragt Mama überrascht. „Ich denke, sie haben jetzt genug mit Sina um die Ohren."

„Vielleicht freut Sina sich ja, wenn sie mich sieht?"

„Ich glaube, Sina ist noch nicht wieder wach", sagt Mama. „Lass uns noch etwas warten, bis wir Genaueres wissen."

Als Rikka zurück in ihr Zimmer kommt, sieht sie Licht in Jimmys Zimmer. Sie setzt sich vor dem Fenster aufs Bett. Jimmy ist nirgends zu sehen. Es ist ganz seltsam, dass in Furutoppen das normale Leben weitergeht, während Sina im Krankenhaus liegt.

Da hat Rikka eine Idee. Sie nimmt die Taschenlampe aus der Schreibtischschublade und blinkt ein paarmal zu Jimmys Fenster rüber. Wartet. Keine Reaktion. Sie blinkt noch einmal. Und plötzlich blinkt es zurück. Sie leuchtet sich selbst an und richtet den Lichtstrahl dann auf den Boden. Hoffentlich versteht Jimmy, was sie damit sagen will. Er blinkt zweimal kurz, dann wird es dunkel. Sie nimmt ihr Taschengeld aus der Schublade und schließt leise die Tür hinter sich. Am oberen Ende der Treppe bleibt sie stehen und lauscht. Anna und Nils sind im Wohnzimmer und streiten. Mama und Peter unterhalten sich, im Hintergrund ist leise Musik zu hören. Sie will versuchen, sich unbemerkt nach draußen zu schleichen, weil sie keine Lust auf irgendwelche Fragen hat oder darauf, sich zu ihnen zu setzen und ernste Gespräche über Sina zu führen.

Sie will raus zu Jimmy.

Leise schleicht sie sich aus dem Haus.

„Hallo", sagt Jimmy, der am Fuß der Treppe auf sie wartet.

„Pssst", flüstert Rikka. „Lass uns gehen. Mama darf nicht merken, dass ich rausgegangen bin. Ich habe keine Lust, es ihr zu erklären, aber ich muss ins Krankenhaus."

„Ins Krankenhaus?", fragt Jimmy und sieht aus, als verstünde er nur Bahnhof.

Rikka erzählt Jimmy, was mit Sina passiert ist. Und dass sie bei ihrem letzten Besuch bei Papa gedacht hat, wie nervig Sina ist, was ihr jetzt schrecklich leidtut, weil ihre kleine Schwester, die sie kaum kennt, vielleicht sterben muss. Und dann erzählt sie, dass sie gar nicht in Tom verliebt ist, sondern Lise. Und dass Lise eigentlich ihre beste Freundin ist, sie sich aber gestritten haben. Und das nur wegen eines blöden Missverständnisses. Dass sie ohne Lise mit Tom zum Waldsee gefahren ist, erzählt sie nicht.

„Ich muss ins Krankenhaus", sagt Rikka noch einmal. „Ich muss Sina sehen."

„Glaubst du wirklich, dass sie sterben muss?", fragt Jimmy.

Rikka läuft es kalt über den Rücken, als er das sagt. Laut ausgesprochen hört es sich viel bedrohlicher an, als wenn sie es nur denkt.

Rikka holt ihr Fahrrad aus der Garage und sie laufen nebeneinander den Hügel runter zur Bushaltestelle. Gerade rechtzeitig, als ein blauer Bus in die Haltebucht fährt.

„Fahren Sie zum Krankenhaus?", fragt Rikka den Fahrer.

Er mustert sie überrascht und nickt.

„Ja, tu ich."

Sie bezahlt mit ihrem Taschengeld und steigt in den Bus. Sie winkt Jimmy zu. Er winkt zurück. Sie ist auf dem Weg, um Sina zu retten. Ihr ist ein bisschen mulmig zumute, aber es tut gut, dass Jimmy da draußen steht. Sie sehen sich an, bis der Bus losfährt und das Wohnviertel verlässt.

„Krankenhaus" sagt der Busfahrer ins Mikrofon und dreht sich zu Rikka um. Sie steht auf und steigt aus.

Im Krankenhaus ist alles sehr verwirrend. Ärzte und Pfleger laufen vorbei, und es gibt so viele Flure und Fahrstühle. Rikka hatte sich vorgestellt, dass sie zur Tür reinkommt und gleich Papa und Sina findet.

„Kann ich dir helfen?", fragt eine Krankenschwester.

„Ich suche Sina, meine Schwester, sie ist von einer Mauer gefallen", flüstert Rikka.

„In welcher Abteilung liegt sie?", fragt die Krankenschwester, aber das weiß Rikka nicht.

„Mein Papa heißt Tobias Eriksson."

„Warte hier", sagt die Krankenschwester und verschwindet hinter einer Tür.

„Ich kann sie so auf die Schnelle leider nicht in unserem System finden", sagt die Krankenschwester, als sie wieder zurück ist. „Vielleicht sind sie ja in der Notaufnahme."

Sie sieht Rikka an.

„Bist du ganz alleine hier? Wissen deine Eltern, dass du hier bist?"

Rikka nickt, obwohl Papa nichts davon weiß, dass sie hier ist. Aber das will sie der Krankenschwester nicht sagen, weil sie nicht wieder nach Hause geschickt werden will.

„Geh dort rüber zur Rezeption und bitte sie, deinen Vater anzurufen", sagt sie. „Ich muss jetzt leider gehen."

Rikka bleibt alleine stehen. Sie kann Papas Handynummer nicht auswendig. Gunns auch nicht. Und das Krankenhaus ist so schrecklich groß, da laufen so viele Ärzte und Menschen herum. In diesem Moment rollt ein Bett an ihr vorbei, in dem ein von oben bis unten bandagierter Mann liegt. Rikka schüttelt sich. Sie geht wieder nach draußen. Der kalte Wind pfeift direkt durch ihre Kleiderschichten. Und da entdeckt sie ein Schild, auf dem NOTAUFNAHME steht.

Sie läuft los. Vorbei an den Rauchern, die vor dem Gebäude stehen, an dem Parkplatz vorbei und zum Eingang der Notaufnahme.

„Kann ich dir helfen?", fragt ein Krankenpfleger.

„Papa!", ruft Rikka atemlos. „Ich will zu meinem Papa!"

„Ist dein Vater hier eingeliefert worden?", fragt er.

„Nein!", sagt Rikka und nennt ihm seinen Namen und dass ihre Schwester Sina von einer Mauer gefallen ist.

„Da weiß ich, wen du meinst", sagt der Pfleger. „Die sind in auf die Intensivstation verlegt worden, und da kommst du nicht ohne Weiteres rein."

Rikka sieht ihn an. Es ist, als ob ihre Knie unter ihr nachgeben wollen.

„Ich will doch nur zu meinem Papa!", flüstert sie.

„Das verstehe ich gut", sagt der Pfleger. „Ich kann jetzt nur leider nicht hier weg. Aber die Intensivstation ist da drüben." Er zeigt ihr, wo sie hingehen muss. „Frag dort, ob sie deinem Vater Bescheid sagen können. Vielleicht kann er ja kurz zu dir rauskommen."

Rikka dreht sich um und schaut zu der Tür zur Intensivstation. Langsam überquert sie den Platz. Der Wind bläst noch kräftiger und zerrt an ihrer Jacke und ihren Haaren. Die Tür ist verschlossen. Sie klopft an, mehrmals, aber niemand macht auf. Rikka rutscht mit dem Rücken an der Wand neben der Tür auf den Boden.

Vielleicht liegt Sina irgendwo da drinnen und kriegt keine Luft.

Was passiert eigentlich mit einem, wenn man von einer hohen Mauer gefallen ist und vielleicht sterben muss? Vielleicht hat Papa ja vergessen, dass er noch eine zweite Tochter hat. Vielleicht muss sie für den Rest ihres Lebens hierbleiben, weil sie kein Geld mehr hat, um mit dem Bus nach Hause zu fahren. Wieso kann ihr niemand helfen in diesem blöden Krankenhaus?

Plötzlich geht die Tür auf und eine Ärztin kommt heraus. Rikka steht auf.

„Ich will zu Papa!", sagt sie nur.

„Ist er hier drinnen?", fragt die Ärztin. „Wie heißt er denn?"

Rikka seufzt und nennt noch einmal seinen Namen. Bestimmt sagt die Frau jetzt, dass Rikka nach Hause gehen soll und dass sie ihr nicht helfen kann.

Aber die Ärztin sagt: „Komm rein, hier kannst du nicht sitzen bleiben."

Die Ärztin lächelt sie an. Rikka folgt ihr nach drinnen in die Wärme. Die Ärztin öffnet die Tür zu einem Zimmer.

„Tobias", sagt sie. „Sie haben Besuch."

Rikka hört, wie jemand von einem Stuhl aufsteht. Dann schiebt sich Papas Kopf aus der Tür. Er sieht sie überrascht an. Rikka läuft in seine Arme.

„Rikka!", sagt er und beugt sich zu ihr runter. „Bist du ganz alleine hierhergekommen?"

Rikka nickt und schluchzt an seine Schulter.

„Ich bin mit dem Bus gefahren", sagt sie. „Und ich kenne Sina gar nicht richtig! Und jetzt ist sie vielleicht schon tot!"

„Sina ist nicht tot!", flüstert Papa in Rikkas Haare. „Und Sina wird auch nicht sterben."

„Das nenne ich wirklich eine tolle große Schwester. Schlägt sich ganz alleine bis hierher durch. Du hast einen Große-Schwester-Orden verdient!" Die Ärztin lächelt.

„Hallo, Rikka!", begrüßt Gunn sie.

Aber Rikka sieht nur Sina. Sie liegt im Bett mit einem Verband um den Kopf und um die Hand. Sie sieht so klein und blass aus. Ihre Augen sind geschlossen und neben ihr gibt eine Maschine ständig Piepslaute von sich.

„Weiß Mama, dass du hier bist?", fragt Papa und wuschelt ihr durchs Haar.

Rikka schüttelt den Kopf.

„Dann ruf ich sie an und sag ihr Bescheid", sagt Papa und geht auf den Flur.

„Komm mal her, Rikka", sagt Gunn und hebt sie auf ihren Schoß. „Hast du Angst um Sina gehabt?"

Rikka nickt.

„Sie kümmern sich ganz toll um sie hier im Krankenhaus", sagt Gunn. „Wir warten jetzt darauf, dass sie aufwacht, aber das kann noch ein bisschen dauern."

Rikka sitzt lange auf Gunns Schoß und lässt sich von ihr über den Rücken streicheln. Zusammen sehen sie die schlafende Sina an. Papa kommt zurück und setzt sich auf den Stuhl neben sie. Rikka klettert von Gunns Schoß herunter und Papa nimmt sie in den Arm.

„Meine liebe Rikka", sagt er in ihr Haar. Da fängt Rikka an zu weinen und kann gar nicht wieder aufhören. Und Papa streichelt ihr die ganze Zeit übers Haar.

„Mama kommt bald und holt dich ab", sagt Papa nach einer Weile. „Ich bringe dich nach draußen."

Rikka streichelt Sinas Hand, und Gunn streichelt Rikkas Wange.

„Danke, dass du gekommen bist", flüstert sie, und Rikka sieht, dass sie Tränen in den Augen hat.

Und dann geht sie mit Papa raus auf den Parkplatz, wo Mama schon im Auto auf sie wartet.

Die Überraschung

Mama weckt Rikka am Sonntagmorgen.

„Sina ist aufgewacht", sagt sie lächelnd. „Papa hat gerade angerufen. Alles wird gut."

Sie beugt sich vor und nimmt Rikka zärtlich in den Arm.

„Mein mutiges, tolles Mädchen!", sagt sie.

Als Mama weg ist, zieht Rikka sich eilig an. Sie kann es immer noch nicht recht glauben, dass Mama gestern nicht wütend geworden ist, sondern sogar gesagt hat, dass sie Rikka versteht. Rikka läuft die Treppe runter, drei Stufen mit jedem Schritt.

„Magst du was frühstücken?", ruft Mama hinter ihr her.

„Ich muss erst Jimmy Bescheid sagen", ruft Rikka und zieht ihre Jacke an. „Er weiß noch gar nichts."

„Der Nachbarsjunge?", fragt Mama. „Was hat er damit zu tun?"

„Alles", sagt Rikka.

„Am Ende habe ich sie gefunden", ruft Rikka über den Zaun.

Sie erzählt Jimmy, wie sie durchs Krankenhaus geirrt ist und niemand ihr weiterhelfen konnte.

„Und gerade ist sie aufgewacht! Papa hat eben angerufen und das erzählt!"

Sie hängen von ihrer jeweiligen Seite über den Zaun. Eine Weile lang sagen sie nichts. Die Luft ist kalt, aber die Sonne scheint.

„Ich bin so froh, dass mit Sina alles wieder gut wird", sagt Rikka und schaut an den wolkenlosen, blauen Himmel.

„Und ich bin so froh, dass ich Furutoppen mag", sagt Jimmy und schaut ins Tal hinunter.

„Ich mag Furutoppen auch", sagt Rikka.

„Und wann beweist du mir, dass du deine ganze Hand in den Mund stecken kannst?", fragt Jimmy.

„Hä?", sagt Rikka, die völlig vergessen hat, dass sie das irgendwann gesagt hat.

„Hast du das nur so gesagt?"

„Klar kann ich meine ganze Hand in den Mund stecken."

Rikka reißt den Mund weit auf und macht eine Faust mit der einen Hand. Sie drückt und schiebt, bis die ganze Faust im Mund ist.

Jimmy lacht.

„Rikka ist cool", sagt er, und ihr Herz macht einen kleinen Extrahopser. Genau das stand auf dem Schulhof. Hat Jimmy das etwa geschrieben? Am liebsten würde sie ihn fragen, aber sie traut sich nicht. Sie sieht Jimmy an, direkt in seine braunen Augen. Er sagt nichts, sie gucken einfach weiter, und in ihrem Bauch blubbert es.

Bis Mama aus der Küche kommt und Rikka eine Scheibe Brot mit Kaviarpaste in die Hand drückt.

„Bist du fertig? Wir wollen jetzt zu Birgit fahren", sagt sie.

Birgit ist Annas und Nils' Oma. Rikka setzt sich ins Auto und winkt Jimmy zu.

Rikka ist cool, Rikka ist cool, Rikka ist cool, singt es in ihrem Kopf, während sie ihr Brot verdrückt.

Birgit sitzt an der gleichen Stelle wie beim letzten Besuch im Pflegeheim. Es riecht nach altem Mensch.

„Hallo", sagen Rikka und die anderen.

Mama überreicht Birgit einen Blumenstrauß.

„Schade um die Blumen", sagt Birgit. „Die verwelken doch so schnell."

Danach sagt sie nichts mehr, bis sie sich wieder verabschieden.

„Ach je, kalt ist es geworden", sagt sie.

„Ja", seufzt Peter.

„Mach's gut", sagt Rikka, aber darauf antwortet Birgit nicht.

„Mama?", sagt Rikka, als sie wieder im Auto sitzen. „Wollen wir nächstes Mal nicht lieber meine Oma besuchen?"

„Zu deiner Oma ist die Fahrt so weit! Und sie ist doch außerdem gar nicht mit Nils und Anna und Peter verwandt."

„Aber ich leihe Anna und Nils gerne meine Oma aus", sagt Rikka. „Peter auch. Sie ist superlieb!"

Peter lacht laut.

„Danke, Rikka, das ist eine gute Idee", sagt er. „Nächstes Mal besuchen wir deine Oma."

Mama dreht sich kichernd zu Rikka um.

„Ich würde mich schon auch freuen, deine Oma mal wiederzusehen", sagt sie.

„Und Anna und Nils kennen sie noch gar nicht", sagt Rikka.

„Ich auch nicht", sagt Peter.

„Abgemacht?", fragt Rikka und grinst von einem Ohr zum anderen.

„Abgemacht", sagt Peter und streckt eine Hand nach hinten für ein High Five. Rikka freut sich schon jetzt auf den Besuch bei ihrer Oma.

Abends klingelt es schon wieder an der Tür, obwohl sie niemanden erwarten. Für Rikka kann der Besuch nicht sein, dafür ist es schon zu spät. Und Anna und Nils liegen längst in ihren Betten.

Peter und Mama sehen sich überrascht an, ehe Mama aufsteht und zur Tür geht.

Rikka hört gleich, wer das ist. Papa und Gunn. Was wollen die denn hier?

„Hallo, Rikka", sagt Papa und begrüßt sie mit einer Umarmung.

„Hallo, Rikka", sagt Gunn und nimmt sie ebenfalls in den Arm.

Rikka steht da und lässt sich umarmen. Sie weiß nicht, was sie sagen soll.

„Kommt doch rein", sagt Mama. „Mögt ihr einen Kaffee? Oder lieber Tee? Für Kaffee ist es vielleicht ein bisschen zu spät."

Sie wollen Tee. Nachdem das entschieden ist, setzen sie sich alle zusammen ins Wohnzimmer.

„Meine Mutter ist bei Sina im Krankenhaus", sagt Gunn. „Wir können sie bald mit nach Hause nehmen, vielleicht schon morgen."

Rikka setzt sich zwischen Mama und Papa und Gunn und Peter. Die Erwachsenen trinken Tee, und sie hat ein großes Glas Cola bekommen. Es ist ungewöhnlich, dass sie am Sonntagabend Cola bekommt.

„Wir sind gekommen, weil wir euch was erzählen wollen", sagt Papa.

„Aber vorher … will ich mich auf jeden Fall noch bei Rikka entschuldigen", sagt Gunn. „Entschuldige, Rikka."

Rikka glotzt Gunn an.

„Weil ich dich immer Bonus genannt habe, Bonus-Tochter und Bonus-Rikka", sagt Gunn und wird rot. „Weißt du, ich habe das in einer Zeitschrift gelesen, dass man seine Stiefkinder auf keinen Fall Stiefkinder, sondern besser Bonus-Tochter oder Bonus-Sohn nennen sollte, weil das viel positiver klingt. Aber offenbar habe ich es wohl etwas übertrieben."

In der stillen Pause danach denkt Rikka, dass dies wohl der passende Moment wäre, sich bei Gunn zu entschuldigen, weil sie sie in dem Laden angeschrien hat.

„Tut mir leid, dass ich dich angeschrien habe", sagt Rikka und weiß nicht, wo sie hingucken soll.

„Nein, nein", sagt Gunn eilig. „Du musst dich nicht entschuldigen. Trotzdem danke, dass du es tust, aber ich war diejenige, die sich dumm benommen hat. Ich möchte so gerne alles richtig machen und fühle mich zwischendurch so unsicher, weil ich nicht weiß, wie es ist, eine zehnjährige Tochter zu haben. Sina ist ja noch so klein. Und ich möchte doch, dass du dich bei uns wohlfühlst. Und dass du weißt, dass ich dich sehr lieb habe."

Rikka hebt den Blick und sieht Gunn an. Gunn hat Tränen in den Augen.

„Ich verspreche, dich nie wieder Bonus-Irgendwas zu nennen", sagt sie. „Du bist Rikka, für immer und ewig!"

Rikka lächelt breit und trinkt einen großen Schluck Cola.

„Und dann haben wir noch eine Neuigkeit", sagt Papa. „Wir planen, nach Furutoppen zu ziehen!"

Rikka gibt einen lauten und glücklichen Jubelschrei von sich, als er das sagt. „Das ist der genialste Sonntag im Universum!", ruft Rikka und wirft sich Papa um den Hals.

„Wir wollen, dass du auch bei uns zu Hause bist", sagt er und lächelt.

„Und wir wollen, dass du Sina besser kennenlernst! Du bist die beste und fürsorglichste große Schwester auf der Welt", sagt Gunn. „Ganz davon abgesehen möchte ich dich auch besser kennenlernen."

Jetzt umarmt Rikka Gunn.

„Krieg ich ein eigenes Zimmer?", fragt Rikka.

„Das kann gut sein", sagen Papa und Gunn im Chor.

Endlich wieder eine beste Freundin

Rikka wacht auf. Es ist Montagmorgen, sie muss zur Schule. Ihr erster Gedanke, als sie die Augen aufschlägt, ist, dass sie mit Tom Schluss machen muss. Auch wenn es gar nicht richtig gilt, dass sie zusammen sind. Sie will das noch vor der Schule erledigen. Nach diesem Wochenende fühlt sie sich wie ein neuer Mensch. Ein Mensch, der in einer Krise alleine ins Krankenhaus fahren kann.

Sie zieht sich an, frühstückt und geht durch ihren Garten und das weiße Tor in den Nachbargarten.

„Hallo", sagt sie, als Tom die Tür aufmacht.

Pip wedelt mit dem Schwanz, kläfft zweimal und springt an ihren Beinen hoch. Sie bückt sich und krault ihn hinter dem Ohr.

„Das am Samstag", beginnt Rikka.

„Das gilt nicht", sagt Tom schnell. „Das war ein bescheuertes Spiel, und Gitte ist doof."

„Ja", sagt Rikka erleichtert. „Ein echt bescheuertes Spiel."

Rikka kniet sich hin und drückt ihre Nase in Pips Fell.

„Aber", sagt sie schnell und guckt zu Tom hoch, „willst du vielleicht mit Lise gehen?"

„Lise?", sagt Tom überrascht.

„Sie ist in dich verliebt", sagt Rikka und merkt, dass sie rot wird.

„Ja", sagt Tom.

„Ja?", fragt Rikka. „Wie in: Ja?"

„Du kannst Ja zu ihr sagen", sagt Tom, zieht Pip am Halsband ins Haus und schließt die Tür.

Rikka starrt auf die geschlossene Tür. Ist das wirklich so einfach? Hat sie gerade Lise mit Tom verkuppelt?

Jetzt muss sie nur noch mit Lise reden. Es blubbert in ihrem Bauch, als sie den Hügel hinunterfährt. Sie freut sich schon, Lise zu erzählen, dass sie jetzt mit Tom zusammen ist. Lise holt gerade das Rad aus der Garage, als Rikka vor der Einfahrt anhält.

„Lise!", ruft Rikka. „Lise!"

„Was ist?", fragt Lise.

Rikka geht auf sie zu, damit sie die Neuigkeit nicht durch die ganze Straße schreien muss.

„Entschuldigung", sagt sie und holt tief Luft. „Entschuldigung, dass ich ohne dich mit Tom zum Waldsee gefahren bin."

Lise sagt nichts.

„Ich konnte ihn nicht fragen, weil seine Mutter dabei war. Und als sie mich gefragt hat, ob ich mit ihnen zum Waldsee fahren will, hab ich einfach Ja gesagt. Das war keine Absicht."

„Du hättest es dir anders überlegen können", sagt Lise. „Oder fragen, ob ich auch mitkann."

„Entschuldigung", sagt Rikka noch einmal. „Aber jetzt habe ich es getan."

„Was hast du getan?", fragt Lise.

„Ich hab dich mit Tom verkuppelt", sagt sie und strahlt Lise an.

„Was?", sagt Lise.

„Er hat Ja gesagt", sagt Rikka und strahlt noch breiter. „Du bist jetzt mit Tom zusammen.

Lise macht den Mund auf und verzieht ihn zu einem Lächeln. Dann lacht sie.

„Er will wirklich mit mir gehen?", fragt sie mit funkelnden Augen.

Rikka nickt.

„Komm", sagt Lise. „Wir müssen losfahren, sonst kommen wir zu spät."

Sie steigen auf ihre Räder und fahren zusammen zur Schule.

Der Lehrer ist schon da, als Rikka und Lise in die Klasse kommen. Rikka setzt sich auf ihren Platz und nimmt das Mathebuch heraus. Nach der Schule will sie rüber zu Jimmy. Oder vielleicht trifft sie ihn auch schon vorher in der Pause. Ihr Herz schlägt schneller, als sie an ihn denkt. Und daran, dass er sie cool findet.

Sie schlägt das Mathebuch auf und malt ein J auf die allerletzte Seite.

Völlig hundelos

Becca wünscht sich nichts sehnlicher als einen Hund. Dann wäre ihr Leben endlich "völlig hundevoll"! Auf der Weihnachtsfeier richtet ihr Cousin eine dringende Bitte an sie: Becca soll für eine Woche auf den Hund seines Schwarms Miranda aufpassen. Nichts lieber als das! Sie schafft es, ihre Eltern zu überreden. Aber Monty ist nicht nur ein im Vergleich zu Becca geradezu riesiger Hund, er ist auch vollkommen unerzogen und gehorcht überhaupt nicht. Ein mit viel Wortwitz und augenzwinkerndem Humor erzählter Roman über Freundschaft, Verantwortung und Familie, gewürzt mit einer Prise Monty!

Jo Franklin
Völlig hundelos
288 Seiten
€ 14,00 [D]
ISBN 978-3-505-14249-9

Kinder lieben Schneiderbücher!

www.schneiderbuch.de

Schneiderbuch

EGMONT

Leseprobe

1 Völlig hundelos

Mehr als alles andere auf der Welt wünsche ich mir einen eigenen Hund, ganz für mich allein. Ein Hund ist der beste Freund eines Mädchens, da er einen immer lieben wird, im Gegensatz zu den Menschen, die manchmal vergessen, wer wirklich ihre besten Freunde sind.

Ein Hund würde es sich einfach an meinem Bettende gemütlich machen und meine Füße kuschelig warm halten. Ein Hund würde alle Erbsen auflecken, die beim Essen aus Versehen auf den Boden fallen. Ein Hund würde bellen, wenn ich von der Schule nach Hause käme, um mir zu sagen, wie sehr er mich vermisst hat. Er würde mich bedingungslos und unter allen Umständen lieben und mein BHFFI sein – mein BESTER HUNDEFREUND FÜR IMMER.

Ich habe es wirklich satt, völlig hundelos zu sein, aber momentan sieht es nicht so aus, als würde sich daran so schnell etwas ändern, da Mama – sobald ich das H-Wort in den Mund nehme – immer sofort ruft: »Auf gar keinen Fall! Ich habe so schon alle Hände voll zu tun.« Dann schaut sie an ihrem Babybauch hinunter, und Papa stimmt ihr zu: »Ganz sicher nicht! Du würdest dich eh nicht anständig darum kümmern!« Dabei hebt er meine schmutzige Wäsche auf und schmeißt sie in den Wäschekorb. Und Stevie sagt: »Hunde sind ekelig, weil Hundekacke stinkt.«

Mit der Hundekacke hat Stevie vermutlich sogar recht, aber die würde ich doch aufheben. Wenn ich einen eigenen Hund bekomme, werde ich eine sehr verantwortungsvolle Hundehalterin sein.

Ich habe dieses wundervolle Buch *Die Welt der Hunde*. Auf jeder Seite ist ein supersüßes Bild von einem Hund, und daneben stehen alle

Informationen zu der jeweiligen Rasse. Es ist wirklich nicht einfach, daraus einen Lieblingshund auszuwählen, da sie mir alle so gut gefallen.

Als ich heute auf meinem Bett lag und versuchte, meinen Lieblingshund auszusuchen, kam Mama mit einem Müllbeutel in mein Zimmer.

»Möchtest du irgendetwas aussortieren, Becca?«, fragte sie.

»Nein, nichts«, antwortete ich und hielt mit einer Hand mein Buch und mit der anderen meine Bettdecke fest.

Mama ist momentan immer auf der Suche nach Dingen, die sie ausmisten kann. Papa sagt, das sei der Nestbautrieb, der wohl alle Mütter befällt, kurz bevor sie ein Baby bekommen. Bisher habe ich sie zwar noch nicht mit irgendwelchen Ästen oder Federn erwischt, aber sie beäugt mein Zimmer trotzdem wie ein mögliches Nest. Sie fordert mich auf, Dinge auszumisten,

um Platz für das Baby zu machen, aber dieser Raum gehört mir, mir und meinem Hund.

»Ich denke, ich habe den perfekten Hund für uns gefunden«, sagte ich. »Er heißt Chloe.« Als ich meiner Mutter das geöffnete Buch hinhielt, war sie jedoch gerade damit beschäftigt, eine alte Fleecejacke in ihren Sack zu stopfen, sodass sie noch nicht einmal einen Blick auf meinen Traumhund geworfen hat, also habe ich das Bild gestreichelt.

Chloe ist eine Deutsche Dogge. Sie hat ein wundervoll glattes, glänzend schwarzes Fell und einen markanten Kopf, ihre seidenweich aussehenden Ohren hängen ein wenig herab. Jedoch nicht so viel, dass sie bis in den Futternapf reichen würden und Gefahr liefen, dreckig zu werden. In *Die Welt der Hunde* wird Chloe als »freundlich, liebevoll zu Kindern und sehr verträglich im Umgang mit Menschen« beschrieben. Für mich klingt das perfekt. Ich weiß al-

lerdings nicht genau, warum sie als »stattlich«
bezeichnet wird, so groß sieht sie auf den Bil-
dern gar nicht aus. Eher wie ein wirklich freund-
licher Familienhund. Sicher wird Chloe gern gestreichelt. Und am liebsten bestimmt von mir.

Es ist vermutlich ein schönes, beruhigen-
des Gefühl, so einen tollen Hund zu streicheln.
Ich würde zu gern von Chloes Pfoten und Bei-

nen umschlungen werden. Ich würde ausgiebige Spaziergänge mit ihr machen und jeden Tag ihr Fell pflegen, nachts würde sie mich wärmen. Wir wären ein tolles Gespann.

»Hat irgendeines dieser Kuscheltiere sein Haltbarkeitsdatum überschritten?« Mama zeigte auf den Haufen aus Plüschhunden, die an meinem Bettende leben.

»Auf keinen Fall!« Ich warf mich nach vorn und bedeckte die Hunde mit meinem Körper, damit Mama nicht auch nur einen von ihnen zu fassen bekam und in ihren Müllsack werfen konnte. Meine Hundesammlung wird ins Regal umziehen müssen, wenn Chloe bei uns einzieht, aber bis dahin bleibt sie erst einmal auf meinem Bett, und ausgemistet wird kein einziger der Hunde, niemals.

Ein Hund ist fürs Leben, nicht nur für Weihnachten. Das gilt auch für Plüschhunde.

Mama öffnete die oberste Schreibtischschublade und nahm etwas heraus.